Un peccato d'amore

Danielle Paquette-Harvey

1984 –

Questa è un'opera di pura fantasia. Nomi, personaggi, luoghi e avvenimenti sono frutto dell'immaginazione dell'autrice o sono utilizzati in

Traduzione: Laura Carolina B.

ISBN 978-1-998458-05-9

Prima edizione: marzo 2022

Pubblicato da: Danielle Paquette-Harvey

http://daniellephauthor.com

https://www.instagram.com/daniellephauthor

Iscriviti alla mia mailing list se non vuoi perderti nulla!

daniellephauthor.com

Seguimi

- Facebook: Danielle Paquette-Harvey author
- Instagram: daniellephauthor

Altri libri dell'autrice

Tutti i miei libri sono disponibili su Amazon, nella maggior parte delle librerie Barn & Nobles e in altre valide librerie.

Origins

- The Goddess's Wards - *ISBN 978-1-7782178-8-3*

Serie *anima gemella del desiderio*

1. Nemici ancestrali - *ISBN 978-1777572136*
2. Un peccato d'amore - *ISBN 9798327891005*
3. La caduta - *ISBN 9798340473493*

Serie *Blood and Kisses*

1. Cursed King – *978-1738831326*
2. The Awakening – prossimamente

Serie *Half-angel's daughter*
1.   Devoured by Darkness – prossimamente

Contents

Y'vagroth
Naiad Shrine

Moon Elve's
Lands

Leila's
Pack

St-Lawrence River

Montréal

Sam's Pack

Sleeping
Lake

Ancient
Pack Ruins

Eurynomos

Moon Goddess' Shrine
Delos
abin
Melian Nymph Sacred Grove
Valley of Nysa
Chalet
Vampire's Castle

Ladon – The Legendary Dragon
del sorprendente Charles M. Allen @c.m_allen

Danielle Paquette-Harvey

Un peccato d'amore

Prologo (Eurynomos)

Rimasi a guardare lo Stige per un momento, osservando le anime tormentate che salivano sulla barca per attraversare il fiume nero e fangoso. Il suono dei loro lamenti era musica per le mie orecchie. Attraversare il fiume era l'unico modo per le anime maledette di raggiungere gli inferi. Caronte, quello scheletro vecchio ed emaciato, era il traghettatore. Egli sovrintendeva all'attraversamento delle anime, ma si assicurava anche che pagassero la tassa. Alcune di loro cercarono di attraversare il fiume a nuoto, ma morirono nelle sue acque velenose. Ho adorato il fatto che le anime che non avevano una moneta per pagare dovessero vagare per le rive per cento anni. La loro disperazione e la loro agonia per l'attesa erano deliziose da guardare. Ma la parte migliore era che, alla fine di questa attesa, il loro tormento e la loro punizione erano solo all'inizio. Ho gioito per il piacere di provare tali pensieri.

Il suono degli incudini mi distolse dai miei pensieri. Mi voltai a guardare i miei lavoranti. Gli orchi stavano forgiando armi, colpendo il metallo con i loro pesanti martelli, con il sudore che colava dalle loro fronti. Le scintille provocate dall'impatto del metallo contro gli incudini illuminavano l'oscura caverna del Tartarus. Poco più in là, altri lavoranti stavano versando a mani nude il metallo liquido negli stampi, come punizione per i peccati più gravi. L'aria era calda e l'odore di cenere era onnipresente.

Guardai il mio portale magico, che si trovava poco distante da me. I suoi pilastri di bronzo erano saldamente ancorati al terreno. Le porte avevano l'aspetto di un fiume di lava rossa e incandescente. Facce urlanti apparivano e scomparivano, mentre le anime perdute cercavano di attraversarlo per fuggire dagli Inferi, senza riuscirci. Anche se poteva sembrare che il portale fosse aperto, sapevo che era sigillato. Nessuno poteva entrare o uscire. La miserabile Dea della Luna se ne era assicurata secoli fa.

Non vedevo l'ora di aprire quel dannato portale! Alcuni maghi goblin stavano esercitando la loro magia su di esso, cercando di aprirlo, in modo che il nostro esercito potesse attraversare il mondo dei vivi. L'incanto era già iniziato. Lentamente, vedevo il sigillo del portale indebolirsi. Presto il mio esercito avrebbe potuto invadere il mondo dei vivi. Avrebbero preparato tutto per il mio arrivo. Dopo tutto, non dovrebbe passare molto tempo prima che io possa unirmi a loro. Quando ciò accadrà, io regnerò su tutto!

Guardai il mio esercito che si preparava a combattere. Erano armati solo di una picca, tanto era potente la forza bruta del corpo del destriero del centauro. Le arpie si tuffavano e si esercitavano con i loro artigli affilati sui goblin che erano ormai troppo stanchi per fuggire. Queste creature veloci erano particolarmente feroci, crudeli e violente con le loro vittime. Mi piaceva il modo in cui torturavano le persone quando le portavano nel Tartarus.

I miei orchi sarebbero stati presto armati e corazzati, mentre i goblin stavano preparando il loro arsenale di bombe e macchine volanti. Il mio esercito si estendeva a perdita d'occhio. Senza contare i miei demoni inferiori. Sarebbero stati disposti a fare qualsiasi cosa per cercare di guadagnarsi un posto più elevato nei ranghi. Anche se quella miserabile puttana aveva tarpato una parte del mio potere, con la mia forza smisurata, nulla potrà fermarmi!

Capitolo 1 (Will)

La luna

Mi guardai allo specchio mentre mi davo una sistemata ai capelli. Controllai che la mia camicia fosse abbottonata a dovere. Era un giorno importante e volevo essere all'altezza della situazione. Oggi avrei presentato la mia Luna al branco. Ero nervoso ed eccitato allo stesso tempo.

Avevo cercato di rimandare quanto più possibile questo momento. Speravo di trovare la mia compagna designata. Voglio dire, molti lupi non avevano ancora trovato la loro compagna a ventitré anni, ma io nutrivo ancora la speranza di trovarla. Ero l'Alfa già da due anni. Era mio dovere prendermi cura del branco. Le responsabilità erano grandi, ed era tempo che mi decidessi a scegliere una Luna come aiuto.

Nelle ultime settimane, la pressione dei consiglieri del branco stava aumentando sempre di più. Iniziarono a parlare dell'idea di presentarmi ogni lupa libera che riuscivano a trovare. Hanno cercato di combinare appuntamenti ai quali non volevo andare. Hanno cercato di presentarmi giovani donne, sperando che mi innamorassi. Era inutile e fastidioso. Prima che si spingessero oltre, dissi loro che avevo trovato una Luna. Non era vero. Glielo dissi solo per togliermeli di torno. Li rendeva felici sapere che avevo una compagna e non vedevano l'ora di conoscerla! Di nascosto iniziai a cercare colei che avrebbe potuto essere un'ottima Luna. Avevo solo pochi giorni per farlo. In passato ho avuto alcuni appuntamenti. Mi piaceva stringere una donna tra le braccia. Pensavo che fossero deliziosamente perfette. Ma non avevo ancora trovato una persona con la quale sarei stato disposto a trascorrere la mia vita.

La donna che sceglierò non sarà solo la mia Luna, ma anche la mia compagna. Anche se non è la compagna predestinata, di solito i licantropi si accoppiano per tutta la vita. Lei avrebbe dovuto essere tutto per me. Volevo davvero scegliere la femmina giusta. Era complicato…

Mia sorella era stata più fortunata. Due anni fa aveva trovato il suo compagno predestinato. È stato in assoluto il compagno più inaspettato! Voglio dire, chi poteva immaginare che si sarebbe accoppiata con un vampiro? C'è voluto un po' di tempo per accettarlo. Alla fine tutti si sono ricreduti. Anch'io... Damien è un bravo ragazzo; è un ottimo compagno per Kate. Sono così innamorati che senti che nulla potrebbe separarli! Questo è il legame che spero di trovare. Questo amore incondizionato, un legame indissolubile, deciso dalla stessa Dea della Luna.

Oggi Kate è diventata la Regina dei vampiri. Il suo compagno, Damien, è diventato il Signore dei vampiri poco dopo che alcuni ignobili succubi hanno ucciso suo padre. Lei è andata a vivere con lui nel castello dei vampiri. In effetti, è così che sono diventato il prossimo in linea di successione per diventare Alfa. Kate avrebbe dovuto essere l'Alfa del branco, visto che ha due anni più di me. Ho sempre pensato di avere ancora tempo per trovare la mia compagna, dato che ero destinato a essere un Beta fidato, paladino del branco e leader della forza d'attacco. Ma quando lei è diventata la Regina dei vampiri, all'improvviso, mi sono ritrovato il primo in linea di successione per diventare il prossimo Alfa.

Eppure, mio padre era l'Alfa, finché... il giorno del matrimonio di Kate, mio padre si ammalò misteriosamente. Ci stavamo tutti godendo il momento. Vampiri e licantropi uniti per celebrare un amore che tutti credevano impossibile. Nemici di lunga data che si riappacificavano e si accettavano l'un l'altro.

Tutto stava andando bene quando, all'improvviso, la mia sorellina minore, Bianca, si alzò dal suo posto per avvertirci che Eurynomos stava cercando di aprire un cancello per entrare nel nostro mondo. Quel miserabile demone! Eravamo tutti scioccati da ciò che ci aveva detto. All'improvviso, mio padre Sam, si accasciò. Era un Alfa forte e non era ancora vecchio. Era in buona salute, quindi fu davvero una sorpresa per tutti. Ci precipitammo da lui mentre mia madre urlava. Nessuno riuscì a risvegliarlo. Io e Steven lo riportammo a casa sorreggendolo con le nostre braccia. Mia madre chiamò tutti gli stregoni e i medici di ogni branco di lupi e del regno dei vampiri. Avevamo anche provato a chiamare i medici umani. Ahimè! Sono passati due anni e lui ancora giace nel suo letto. Non siamo riusciti né a curarlo né a risvegliarlo. Sono stato nominato Alfa del branco un mese dopo il matrimonio di Kate.

Sussultai quando qualcuno bussò alla porta. Non mi ero accorto di essere stato così profondamente assorto nei miei pensieri. Aprii la porta e vidi Bianca. Aveva i lunghi capelli biondi, quasi bianchi, intrecciati di lato. I suoi profondi occhi blu ghiaccio mi fissavano affettuosamente.

"Eccoti qui", disse sorridendo e allargando le braccia.

Mi abbracciò forte e questo mi scaldò il cuore. Volevo molto bene alla mia sorellina.

"Sai che è quasi ora, vero? Sei pronto?"

Guardai l'orologio. Come aveva fatto il tempo a passare così velocemente senza che me ne accorgessi? Sorrisi, imbarazzato, mentre mi strofinavo la nuca.

"Grazie per avermelo ricordato, sorellina. Non vorrei arrivare in ritardo."

Bianca ridacchiò.

"Soprattutto perché sarai tu a fare il grande annuncio, sciocchino!"

Le risposi sogghignando.

"Sì, penso che tu abbia ragione. La mamma è già lì?"

Scosse il capo.

"Vado a chiamarla, allora", risposi.

Bianca annuì. "Va bene, ti aspetto insieme agli altri."

Abbracciai mia sorella e la guardai andare via, con il suo lungo vestito verde che avvolgeva le sue curve femminili. Dovevo ricordare a me stesso che la mia giovane sorella aveva ormai ventidue anni; non era più una ragazzina. Aveva anche trovato il suo compagno predestinato, nostro cugino Steven. È stata una sorpresa per tutti. Ma abbiamo scoperto che Bianca non aveva i nostri stessi geni. Abbiamo appreso che era la figlia della Dea della Luna. Aveva dentro di sé alcuni dei poteri della Dea. Aveva persino riportato in vita Damien durante la guerra! È stata una cosa incredibile! Mi sono chiesto quali altri poteri si nascondessero dentro di lei. Immagino che neppure lei lo sappia.

Mi avviai verso la stanza dei miei genitori. Era silenziosa e illuminata da una luce fioca. Come al solito, mia madre era al capezzale di mio padre e leggeva un libro. Ormai non usciva quasi più. Passava le giornate a vegliare su di lui. I miei genitori erano amici per la pelle. Da quando mio padre si era ammalato, mia madre lo assisteva. Vedevo quanto lo amava. Ho sempre pensato che fosse fantastico che esistesse questo forte legame tra di loro nonostante mia madre fosse un'umana e mio padre un licantropo.

Guardai mio padre sdraiato sul letto. Era diventato molto magro. Era solo l'ombra dell'uomo che era stato. Un tempo era un lupo potente, rispettato da tutti. Poteva combattere chiunque osasse sfidarlo. La sua pelle era ormai così bianca da sembrare trasparente. Aveva perso così tanta massa muscolare da intravedere la forma delle sue ossa attraverso la pelle. Vederlo così mi riempiva di tristezza. Dovevo ricordare a me stesso che stavamo facendo tutto il possibile per curarlo, anche se nessuno sembrava conoscere la malattia che lo affliggeva.

Guardai mia madre, ancora bella dopo tutti quegli anni. Qualche ruga qua e là cominciava a farsi vedere. Era una madre devota e una moglie amorevole. Speravo solo di essere abbastanza fortunato da trovare una compagna che mi amasse allo stesso modo.

Mia madre era così concentrata sul suo libro che non si accorse nemmeno che ero entrato. Amava i romanzi rosa sui licantropi e li leggeva sempre. Forse perché sapeva che i licantropi erano reali. Forse perché, a suo modo, aveva vissuto la sua storia d'amore con un licantropo quando aveva conosciuto mio padre.

Mi avvicinai a lei e le misi delicatamente le mani sulle spalle da dietro. Al mio tocco lei trasalì e alzò gli occhi, poi si calmò e sorrise quando capì che ero io.

"Oh Will! Mi hai spaventata!" mi rimproverò.

Risi un po', perché sapevo che non era davvero arrabbiata.

"È ora", le dissi dolcemente.

Mia madre si alzò in piedi e prese le mie mani tra le sue. Erano calde e forti. Mi guardò negli occhi, anche se era più bassa di me. I suoi occhi color nocciola erano colmi d'ansia.

"Sei sicuro di aver fatto la scelta giusta?", mi chiese ansiosa.

Sono ormai adulto, ma le madri si preoccupano sempre. Feci un sorriso rassicurante e annuii.

"Jane è una delle mie migliori amiche. Siamo cresciuti insieme e siamo molto legati. È la mia confidente. So che sarà una brava Luna."

Mia madre scosse il capo.

"Ma un'amica non è la stessa cosa di una compagna. Può essere la tua migliore amica, ma non è la tua amante."

Sospirò. Aveva ragione. Ma Jane era la persona più vicina a ciò che è un'amante che io abbia mai avuto. Mi importava davvero delle sue opinioni. Volevo assicurarmi che stesse bene e mi piaceva passare del tempo con lei. La conoscevo da quando ero bambino. Era stata la mia migliore amica. Ora che dovevo scegliere una Luna, pensai che passare dall'essere la migliore amica ad essere l'amante sarebbe stato un passo molto breve.

"Sai che ho bisogno di una Luna. E non posso certo permettermi di aspettare in eterno per trovare la mia compagna predestinata. Jane sarà un'ottima compagna per me. Ho visto la sua anima. È pura e gentile."

Quando divenni Alfa, andai a trovare Ayanna, la Regina delle Ninfe di Melian. Come era accaduto per tutti i nostri precedenti Alfa, mi aiutò a risvegliare il mio potere interiore. Sembrava che avessi il potere di vedere il colore dell'anima delle persone. Sapere se fossero buone o malvagie, forti o deboli, solo guardandole, giudicando dal colore e dalle dimensioni della loro anima.

Sarah annuì.

"Se è quello che il tuo cuore desidera", disse semplicemente.

"È così. Per favore, non preoccuparti per me, mamma."

Camminammo insieme, a braccetto, fino all'ingresso della casa del branco. Ogni membro del branco, sia lupo che umano, era già lì. Anche mia sorella Kate e il suo compagno Damien erano volati dal castello dei vampiri per essere presenti. Stavano guardando, in prima fila, sorridendo.

Al mio arrivo tutti smisero di parlare. Un Alfa era rispettato e nessuno osava parlare senza il suo permesso. Ero felice che la mia presenza fosse rispettata dal branco. Feci cenno a mia madre di avviarsi.

Fece qualche passo e iniziò a parlare.

"Carissimi amici e parenti, oggi celebriamo l'unione di due persone molto importanti. Questo è il giorno che stavate aspettando. Il giorno in cui mio figlio Will, il vostro Alfa, ha finalmente trovato la sua compagna."

La gente iniziò ad applaudire, costringendo mia madre a interrompere il suo discorso. Sorrisi; ero felice di essere amato dal mio branco. Credevo nell'aiuto reciproco e nell'ottenere la loro fiducia e amicizia, anziché governare con la paura e la forza.

Mia madre sembrava così calma davanti a tutti, la situazione era sotto controllo. Era abituata a fare discorsi. Era stata Luna per molti anni, al fianco di mio padre. Il fatto che fosse un'umana non sembrava turbarla minimamente.

Ma io? Esteriormente potevo sembrare calmo, ma dentro di me si scatenava una tempesta. Era questa la scelta giusta? Avrei dovuto aspettare la mia compagna predestinata? Me ne pentirò? Le domande erano tante!

Dopo qualche secondo, la folla tornò a tacere. Mia madre mi fece un segnale. Era il momento.

Aprii la porta della casa del branco. Lei era lì, ad aspettarmi.

Jane era più bella che mai. I suoi capelli ricci rossi le scendevano sulle spalle. Indossava un vestito corto e attillato color pesca. Lo stesso che aveva indossato la sera del nostro ballo. Non portava gioielli stravaganti o altro, ma non ne aveva nemmeno bisogno. Era bella così com'era. Mi guardò nervosamente.

All'improvviso, tutti i miei dubbi scomparvero. Forse non sarà la mia compagna predestinata, ma sarà un'ottima compagna per me. Anche se era solo una comune lupa del branco. In ogni caso, dei titoli non mi è mai importato nulla. Era un'amica fidata, una donna onesta, la più dolce che conoscessi.

Le sorrisi, le presi la mano e le sussurrai: "Andrà tutto bene."

Anche lei mi sorrise; il suo livello di stress sembrò diminuire un po'.

Insieme, giungemmo al cospetto dei presenti. Annunciai con voce decisa. "Vi presento la vostra Luna, Jane."

La folla esultava e applaudiva. Alcune persone lanciarono foglie e fiori in aria, in segno di buon auspicio. Mi sentivo così orgoglioso di essere lì con Jane al mio fianco.

La gente fece spazio ai genitori di Jane, che si stavano avvicinando. Poiché la loro figlia era diventata la Luna del branco, anche loro stavano salendo di grado. Abbracciarono la figlia e si misero dietro di noi, al fianco di mia madre.

Tutti gli occhi erano puntati su di noi. Sapevo cosa dovevo fare dopo. Dovevo marchiarla. Questo marchio sarebbe durato per sempre. Per assicurarmi che ogni lupo sapesse che lei era mia. Era molto intimo e importante. Era tradizione farlo quando la lupa diventava Luna, se non era già stato fatto in precedenza.

Mi avvicinai a Jane. Si appoggiò a me, presentando il collo e chiudendo gli occhi. Sentii il dolce profumo della sua pelle che odorava di fiori. Lasciai che le mie labbra la sfiorassero, ottenendo un piccolo gemito da parte sua mentre passavo davanti al punto in cui il collo incontra la spalla. Era lì che dovevo porre il mio marchio perché fosse mia.

Lo desideravo davvero, ma in qualche modo non riuscivo a far crescere i miei denti. Il mio lupo non voleva uscire. Non sentivo l'impulso di morderla e non capivo perché. Ma non volevo costringermi a farlo. Se il mio lupo non era pronto, allora avrei aspettato che lo fosse. Allo stesso tempo, non potevo andarmene in quel modo. Sentivo lo sguardo di tutti pesare su di me. Non sarebbero stati contenti se non l'avessi marchiata e forse non l'avrebbero accettata come loro Luna.

La soluzione migliore era che mi sarei dovuto accontentare di morderla con i miei denti da umano. Non ho penetrato la pelle in profondità come avrei fatto con i miei denti da licantropo. Non avrei lasciato un segno permanente, come con i miei denti da licantropo. Ma ebbe l'effetto desiderato; Jane sussultò afferrandomi il braccio mentre la mordevo e le facevo un succhiotto sul collo. Continuai per qualche secondo, mentre tutti applaudivano, prima di liberarle il collo. Sorrisi quando notai il segno rosso sulla sua pelle bianca.

I consiglieri del branco avevano uno sguardo complice. Sapevano che non l'avevo morsa. Non si lasciavano ingannare. Erano abbastanza vicini, così come i genitori di Jane e mia madre. Mantennero la faccia impassibile, senza mostrare nulla. La folla era abbastanza lontana. Furono ingannati e pensarono che l'avessi morsa. Era proprio quello di cui avevo bisogno: che tutti i membri del branco pensassero a Jane come alla loro Luna e si fidassero di lei. Il fatto che non l'avessi marchiata non cambiava nulla per me. Era la mia Luna e volevo che tutti la rispettassero.

Guardai Jane negli occhi. Aveva un'espressione di totale incomprensione. Sapeva benissimo che non l'avevo morsa. Non volevo che dicesse nulla, né che la folla vedesse la sua espressione. Le afferrai il mento con la mano e avvicinai le sue labbra alle mie. Ci scambiammo un bacio appassionato, con le lingue che danzavano insieme. Con l'altra mano la tenni stretta a me, mentre lei mi afferrava le spalle. Il mio cuore batteva forte.

Dopo averla baciata, le sussurrai: "Ti amo..."

Lei sorrise e rispose: "Anch'io ti amo."

La tradizione voleva che la nuova Luna incontrasse tutti. Non volevo correre il rischio che qualcuno tra la folla si accorgesse che non c'era alcun segno sul suo collo, così rientrammo subito nella casa del branco. I consiglieri trovarono una scusa per non farci incontrare tutti, dicendo che eravamo impegnati nei preparativi per difenderci da Eurynomos.

Quando i consiglieri e i nostri genitori ci raggiunsero, la porta della casa del branco venne chiusa. Dopo aver controllato che fossimo lontani da orecchie indiscrete, i consiglieri espressero chiaramente il loro disappunto per il fatto che non avessi marcato la mia compagna.

Un consigliere parlò per primo.

"Perché non l'hai fatto?"

Non aspettarono nemmeno la mia risposta. Iniziarono tutti a tempestarmi di domande.

"Cosa penseranno tutti?"

"La ami?"

"E se la gente lo scopre?"

Le loro domande mi infastidivano. Non erano obbligati a sapere. Era stata solo una mia scelta.

"Non sono affari vostri."

"Ma è la tradizione", continuò un altro.

Gli ringhiai contro: "Come Alfa, io prendo le mie decisioni."

Fecero un passo indietro.

Poi Jane iniziò, con un filo di voce: "Ma Will…."

Sapevo che attendeva nervosamente una risposta e io non volevo parlarne davanti a tutti. Non le lasciai finire la frase. Abbassai i toni; sapevo di essere stato brusco con i consiglieri. Ma lei era la mia Luna; volevo essere gentile con lei, come meritava e come dovrebbe essere un compagno.

"Non qui Jane, vieni", le dissi dolcemente sfiorando con il pollice la sua mano.

I consiglieri cominciarono a protestare: "Ma...."

Mi voltai verso di loro e dissi con tono deciso: "Non voglio sentire altro."

Detto questo, presi delicatamente Jane per mano e la condussi nella mia stanza... beh, la nostra stanza. Era in fondo alla casa del branco, al secondo piano. Era la stanza più grande della casa. Era arredata in modo modesto. Non amavo le cose lussuose, i diamanti o i gioielli. Avevamo un letto grande e comodo e un piccolo camino. Non avevamo bisogno di altro per essere felici. Almeno, questo è quello che pensavo.

Ricordavo che a Jane piacevano i gigli, così avevo chiesto a Bianca e Steven di prenderne alcuni mazzi e di sistemarli nella mia stanza. Avevano un po' esagerato e la stanza era stracolma di bouquet di gigli. Tutti i tavoli e i comò ne avevano uno. Si poteva sentire il profumo dei fiori anche senza aprire la porta.

Da un lato della stanza c'erano le cose di Jane. I genitori gliele avevano portate in precedenza, in modo che avesse tutto il necessario per sistemarsi nella sua nuova casa.

Jane ebbe un sussulto quando entrò nella stanza.

"Oh wow! Ti sei ricordato che amo i fiori!"

Le sorrisi.

"Certo che me ne sono ricordato! Ti piacciono sin da quando eri piccola. Volevo che tu fossi felice, che ti sentissi benvenuta nella tua nuova casa"

Presi uno dei gigli bianchi e glielo offrii. Lei ridacchiò mentre lo prendeva.

"Come quando ho compiuto sette anni."

Risi: "Sì, te lo ricordi!"

"Certo che me lo ricordo! Era il mio compleanno e tu mi hai offerto un giglio. Era la prima volta che qualcuno mi offriva un fiore. Questo l'ha reso ancora più speciale."

"Beh, anche oggi è un giorno speciale per noi, è un nuovo inizio."

"Sì, hai ragione", rispose lei con un grande sorriso. Sembrava davvero felice.

Entrò nella stanza e guardò ogni cosa. Aprì i cassetti, gli armadi. Voleva conoscere la stanza che ora condividevamo.

Quando fu abbastanza soddisfatta, si sedette sul letto e mi guardò.

"Allora... perché non mi hai marchiato? Non mi ami?"

Vedevo che era preoccupata. Mi sedetti accanto a lei sul letto.

"Non ero pronto a marchiarti. Il mio lupo non era pronto. Ho bisogno di un po' di tempo in più perché il nostro rapporto diventi più profondo. Credo che il mio lupo abbia ancora bisogno di adattarsi a tutto ciò che sta accadendo."

Scosse la testa.

"Sai che il tuo lupo sarebbe pronto più velocemente se tu mi marchiassi e potesse incontrare la mia lupa."

"Sai che i nostri lupi si sono già incontrati, Jane."

Lei annuì.

Qualche anno prima, durante una serata di festa con gli amici, avevamo entrambi bevuto un po' troppo. Corremmo insieme nel bosco, lontano dagli altri, e cominciammo a pomiciare. In quel momento, vidi un guizzo d'oro nei suoi occhi e capii che era la sua lupa che veniva incontro al mio. Sentii che il mio lupo voleva incontrarla, così gli permisi di prendere il sopravvento nella mia mente e di fare la sua conoscenza. I due si fissarono, si conobbero mentre facevamo l'amore. È stata una sensazione intensa, che ricordo ancora oggi. Tutto sembrava così reale, il mio istinto animale prendeva il controllo del mio corpo e acuiva i miei sensi.

Eppure, fino ad oggi, non ho provato la stessa cosa con nessun'altra. Il mio lupo non ha voluto uscire per incontrare un'altra ragazza. Non ho sentito il bisogno di marchiare nessuno.

"Devi credermi quando ti dico che ti amo, Jane. Ma in questo momento non sono pronto a marchiarti."

Jane sospirò appoggiando la testa sulla mia spalla.

"Ma sai che dovrai marchiarmi se vogliamo avere dei cuccioli, prima o poi."

Scrollai le spalle. Sapevo che aveva ragione. Dovevo morderla per farla andare in calore. Ma non avevo fretta di avere dei cuccioli.

"Sei così ansiosa di averne?"

Alzò la testa e mi guardò negli occhi, i suoi occhi verdi mi studiarono mentre rifletteva.

"Non tanto, ma... allo stesso tempo, tu sei l'Alfa. E l'Alfa ha bisogno di avere dei discendenti che gli succedano alla guida del branco."

Sospirai. L'essere Alfa comportava molte responsabilità. Avevo sempre fatto del mio meglio per rispettare tutte le tradizioni e i doveri che avevo. Era una cosa che consideravo molto importante. Ma avere dei cuccioli non era un *dovere*. Mi rifiutavo di vederla così. Volevo avere dei cuccioli un giorno, una famiglia mia, dei bambini, che ridessero e corressero per casa. Ma volevo aspettare di essere pronto. Volevo avere dei cuccioli perché lo volevamo e per amore, non per responsabilità.

Scrollai le spalle, "Non è che morirò presto. Abbiamo tempo per fare dei cuccioli."

Lei non sembrò soddisfatta della mia risposta e mise un po' il broncio, ma rispose: "Suppongo di sì."

Sentivo che provava un grande sentimento per me. Sapevo di amarla, ma non sapevo se avrei potuto ricambiare un sentimento così forte come quello che lei provava per me. Avevo l'impressione che mancasse qualcosa. Ma non riuscivo a capire cosa. Mi chiedevo se forse il mio lupo avesse solo bisogno di un po' di tempo per adattarsi. Ero sicuro che i nostri due lupi si sarebbero adattati l'uno all'altro.

Nel frattempo, volevo davvero che Jane fosse felice e volevo davvero provare a far funzionare le cose.

La abbracciai, sentendo il battito del suo cuore contro il mio, e le sussurrai all'orecchio:

"Jane, tu sei la mia migliore amica. Ci conosciamo da tanto tempo. Ti prego, dammi un po' di tempo. Ti giuro che ci sarò per te."

Si rilassò tra le mie braccia, senza rispondere nulla, godendosi il momento.

La baciai dolcemente. Era ancora pomeriggio e avevamo ancora molto tempo prima della nostra luna di miele. E anche se non l'avevo marchiata, avevo intenzione di prendermi cura di lei. Non vedevo l'ora di farlo. Mi sarebbe piaciuto rimanere a letto con lei tutto il giorno e darle tutto di me, ma pensai che probabilmente avrebbe voluto visitare la sua nuova casa.

"Che ne dici se ti faccio fare un giro mentre aspettiamo che faccia notte?"

Lei sorrise, sapendo benissimo cosa intendessi.

"Mi sembra un'ottima idea."

Capitolo 2 (Bianca)

L'Angelus Hyssopus

Ebbene, questo pomeriggio non è andato esattamente come mi aspettavo! Sapevo che Jane era la Luna scelta da mio fratello, ma mi auguravo che tenesse fede alla tradizione e la marchiasse. Di solito ha un forte senso del dovere. Ero perplessa sul perché non l'avesse fatto... Mi fidavo di mio fratello; avrà avuto le sue ragioni per non farlo. Credo che dovrò chiederglielo quando ne avrò l'occasione.

Per il momento, avevo altre cose di cui occuparmi. La mia preoccupazione principale era trovare un modo per spezzare quella stupida maledizione che mi legava a quel misero demone. Ero così stanca di guardare e sentire Eurynomos in continuazione! Mi consolava almeno il fatto che avesse il vantaggio di farmi sapere in anticipo i suoi piani. E da quello che avevo visto, erano alquanto inquietanti. Speravo vivamente che non ci riuscisse.

"Bianca?"

Mi girai e vidi mia sorella Kate sorridere. I suoi occhi nocciola sembravano brillare e i suoi capelli castani erano intrecciati, lasciando intravedere i suoi orecchini di smeraldo. Non portava molti gioielli, anche se ora era la Regina dei vampiri e poteva scegliere di indossare quello che voleva. Damien era al suo fianco, con i lunghi capelli ordinatamente legati in uno chignon basso, e indossava i soliti jeans e la solita camicia. L'ho visto vestire in modo formale solo quando il suo titolo di Signore dei vampiri lo richiedeva. Mi piaceva il fatto che fosse rimasto se stesso, anche dopo essere salito al trono.

"Ciao Kate! Ciao Damien!"

Li abbracciai forte. I due mi sorrisero. I canini di Damien erano leggermente in mostra, anche se non aveva bisogno di nutrirsi.

Due braccia forti mi circondarono da dietro. Sapevo senza vedere che si trattava di Steven. Forse non sono un licantropo femmina e non ho un olfatto particolarmente sviluppato, ma sono in grado di riconoscere il mio amante senza guardarlo.

"Ciao piccola", disse mentre mi dava un bacio sulla guancia. "Ciao Kate, ciao Damien! Sono così felice che siate riusciti a venire", aggiunse.

"In realtà abbiamo qualcosa di importante da dirti!", disse mia sorella eccitata.

"Davvero? Che cosa?" chiesi.

Damien mise un braccio intorno alla vita di mia sorella in modo affettuoso. Kate appoggiò la mano sul suo ventre piatto.

"Avremo un bambino!", quasi urlò per l'eccitazione.

"Oh! È fantastico!!!" Mi avvicinai e presi mia sorella tra le braccia.

"Congratulazioni!" disse Steven stringendo la mano di Damien.

"Quando è previsto il parto?" chiesi loro.

"L'abbiamo appena scoperto, quindi ci vorrà ancora qualche mese. Dovrebbe essere verso la primavera o l'inizio dell'estate", rispose Kate, sorridendo.

"Credo di non aver mai visto un bambino licantropo-vampiro..." disse Steven riflettendo.

Damien ridacchiò al suo commento.

"Nemmeno noi. Ma gli antichi documenti dicono che gli ibridi licantropo-vampiro sono molto potenti, nascono con i poteri di entrambe le razze. Credo che lo scopriremo, alla fine. L'unica cosa che mi interessa è avere un bambino sano. Il resto non mi interessa", concluse, mentre abbracciava amorevolmente mia sorella.

"Lo sanno tutti?" chiesi.

Mia sorella scosse la testa. "Lo diremo a tutti oggi. Ma la mamma di Damien e Arius lo sanno già. Erano entusiasti quando glielo abbiamo detto!"

"Comunque, volevamo chiedervi di tornare al castello con noi", aggiunse Damien.

Lo guardai con occhi interrogativi. Continuò senza aspettare.

"Elwin ha trovato dei nuovi libri sui demoni in biblioteca. Potresti trovare qualcosa su Eurynomos. Vuole anche mostrarti alcune erbe che spera possano aiutare tuo padre."

Sembrava molto interessante! Ero a corto di idee su entrambi gli argomenti, quindi avrei accettato volentieri tutto l'aiuto possibile da chiunque. Annuii.

"Sembra fantastico! Quando partiamo?" chiesi.

"Appena arrivano mio fratello e un amico", rispose Damien.

"Tuo fratello verrà qui?"

Annuì.

"Voleremo fino al castello. È molto più veloce che camminare. Ma non posso far volare tutti da solo. Così ho chiesto ad Arius di venire qui insieme a Blake, uno dei nostri guerrieri più forti. Potranno volare con voi mentre io volerò con la dolce Kate tra le mie braccia."

Kate sorrise alle sue ultime parole e gli posò un bacio sulle labbra.

Grandioso! Ho volato solo una volta finora, ma è stato fantastico! Ed è stato, in effetti, più veloce che andare a piedi.

"Perfetto! Mi preparo", risposi, tirando Steven per la mano.

Kate e Damien proseguirono oltre. Volevano parlare con nostra madre del bambino prima di partire per il castello del vampiro. Beh, io continuo a dire al "castello del vampiro", ma credo che dovrei chiamarlo il castello di mia sorella, ora che è diventata la Regina dei vampiri. È la forza dell'abitudine. E ho riso tra me e me.

Mentre camminavo con Steven verso la mia stanza, continuavo a pensare al fatto che Elwin aveva trovato un nuovo libro sui demoni. Era un'ottima notizia. Speravo che contenesse altri dettagli che avremmo potuto usare contro Eurynomos. E proprio mentre stavo riflettendo su questo, lo udii nella mia mente.

"Ahahah! Stupida! Continua a sognare, non imparerai mai a sconfiggermi! E neppure a spezzare la maledizione! Stai solo sprecando le tue energie."

Mi dava veramente sui nervi. Finché la maledizione era in atto, era in grado di sapere tutto ciò che accadeva nella mia vita, persino i miei pensieri. Se fossi riuscita a trovare un modo per spezzare la maledizione, lo avrebbe finalmente saputo anche lui. Speravo solo che non cercasse di interferire.

Nemmeno a farlo apposta, ho udito. "*Puoi contarci! Non ti libererai mai dalla mia maledizione!*"

Imprecai ad alta voce. Quando sentii la risata di qualcuno dietro di me, mi girai e vidi il mio compagno, Steven, che rideva.

Mi abbracciò e mi abbandonai tra le sue braccia, sentendo il calore del suo corpo, mentre il mio cuore batteva forte.

"Pensi che sia divertente?"

Lui scosse la testa.

"Scusa amore mio, non sono riuscito a trattenermi."

Non potevo essere arrabbiata con lui. Non aveva sentito il demone parlarmi. Non poteva sapere fino a che punto fosse fastidioso. Sospirai.

"Lo so... è solo che... avere lui che mi parla in continuazione, che cerca di deprimermi in continuazione, è davvero difficile per me. E come se non bastasse, devo sopportare anche di sentire i suoi pensieri. E lasciamelo dire, i pensieri di un demone non sono proprio qualcosa che si vuole ascoltare."

Steven mi strinse ancora di più a sé. Il suo amore alleviava un po' il peso di questa maledizione e mi faceva sentire leggermente meglio.

"Lo so. Cioè, non lo so. Ma immagino che debba essere molto difficile e non molto piacevole."

"Già... Non hai idea!"

Mi avvicinai al nostro letto e preparai una piccola borsa. Sapevo che probabilmente saremmo rimasti al castello di mia sorella per qualche giorno. Mi piaceva andare lì. Al castello avevamo una stanza tutta per noi, quindi non dovevo portare troppe cose. Steven aveva finito un po' dopo di me.

Usciti dalla casa del branco, fummo accolti da Kate e Damien. Con loro c'erano altri due uomini. Il primo era molto alto, con i capelli bianchi e corti. Sapevo che era Arius, il fratello minore di Damien. Aveva già dimostrato di essere affidabile durante la guerra avvenuta due anni prima. Aveva persino aiutato me e Steven quando eravamo stati invasi dai vampiri durante quella battaglia. Ma non conoscevo l'altro vampiro al loro fianco. Sembrava più giovane. Era alto come Damien. I suoi muscoli trasparivano dalla camicia. Aveva capelli neri che gli arrivavano alle spalle e tatuaggi su un braccio. Sembrava molto forte.

Damien sorrise quando ci avvicinammo.

"Bianca, Steven, conoscete già mio fratello Arius?"

"Sì", rispondemmo entrambi contemporaneamente.

Arius si fece avanti e ci abbracciò. Come tutti i vampiri, era leggermente freddo al tatto. Il suo abbraccio era comunque caldo.

Damien continuò: "Questo è Blake, uno dei nostri guerrieri più forti."

Blake si inchinò leggermente in avanti prima di rispondere: "Al vostro servizio."

Mi sembrava un bell'uomo. Steven guardò Blake e poi me. Sentivo la sua gelosia e questo mi fece sorridere. Era inutile che fosse geloso. Steven era il mio compagno. Nessuno avrebbe mai potuto sostituirlo.

Gli strinsi la mano con affetto.

Si girò verso di me e disse: "Tu voli con Arius. Io volo con Blake."

Trattenni la risatina che stava per nascere.

"Certo, amore mio", risposi solo posandogli un bacio sulla guancia.

Steven divenne rosso mentre gli dicevo, attraverso le nostre menti collegate: "Non devi essere geloso, sei tu il mio compagno."

Rispose attraverso le nostre menti: "Lo so... Ma ho visto il modo in cui lo guardavi."

Quasi ridacchiai ad alta voce. "Sciocco! Ci sarà sempre un solo uomo nella mia vita."

Sentii subito Steven rilassarsi a quelle parole. Sapevo che non poteva farci niente. I lupi diventano sempre molto protettivi e gelosi delle loro compagne. Soprattutto nei confronti degli altri maschi. Sapevo che era così, ma non avevo intenzione di andare in giro con i paraocchi per evitare di vedere gli altri uomini.

Dopo aver controllato che fossimo pronti, Damien prese in braccio mia sorella, Blake afferrò Steven e Arius tenne me tra le sue braccia. In men che non si dica, stavamo volando. Mi piaceva molto la sensazione di libertà che mi dava. I vampiri erano davvero fortunati a poterlo fare sempre e quanto volevano. Alzai gli occhi e vidi Arius che mi guardava. Mi tenne stretta, assicurandosi che non cadessi.

"Cosa c'è?"

Sorrise alla mia domanda. "Sembra che tu ti stia divertendo parecchio."

Annuii. "Sì, è così. Non mi capita spesso di farlo."

"Allora allacciati le cinture, ne varrà la pena", aggiunse, prima di fare una curva a destra e di lanciarsi verso il suolo. Lo afferrai forte mentre urlavo e lui rideva. Cominciò a fare ogni sorta di evoluzione nel vuoto. Mi sembrava di essere sulle montagne russe. È stato così eccitante! Dopo un po', stavamo entrambi ridendo come bambini.

Quando finalmente arrivammo al castello, c'erano già tutti.

Steven venne da me di corsa. "Cosa stavate facendo?"

Guardai Arius, che stava sorridendo quanto me. Io risi: "Ci stavamo solo divertendo un po'!"

"Accidenti, mi avete fatto preoccupare! Ho pensato che qualcosa non andasse quando vi ho visti puntare verso il suolo."

Arius rispose: "Mi dispiace di averti spaventato. Non preoccuparti, mi prenderò sempre cura della tua compagna."

Steven fece una risatina. Sembrava imbarazzato. Passandosi una mano tra i capelli, rispose: "Lo so. Mi dispiace, non avrei dovuto preoccuparmi così. Ho aspettato tanto che si risvegliasse da quella maledizione due anni fa. Il mio lupo è ancora un po' nervoso quando lei non è con me."

Arius sorrise annuendo. Kate mi aveva raccontato che in passato aveva trovato una compagna, ma che suo padre l'aveva brutalmente uccisa. Sapeva più di chiunque altro cosa si prova a perdere chi si ama, o a temere per il suo futuro. Steven diede un colpetto virile sulla schiena di Arius e tutti entrammo nel castello.

Appena messo piede nel castello, Arius e Blake si congedarono. Anche Kate e Damien avevano delle cose da discutere. Essere la Regina e il Signore dei vampiri significava avere molto lavoro e molte responsabilità. Raramente avevano la possibilità di prendersi una pausa. Inoltre, affrontavano con grande impegno e serietà la minaccia di Eurynomos. Da quando, due anni fa, avevano saputo che stava cercando di aprire un cancello per entrare nel nostro mondo, hanno cercato di mobilitare tutte le città dei vampiri per la nostra causa, e a prepararsi per una grande guerra contro il demonio. Avevo sentito che i preparativi stavano andando alla grande e che molti guerrieri sarebbero stati dalla nostra parte. Avevo sentito che anche alcuni guerrieri di paesi lontani avevano deciso di unirsi a noi…. Ma speravo davvero che non dovessimo entrare in guerra con il demone e il suo esercito. Avevo visto le dimensioni del suo esercito attraverso la maledizione che mi legava a lui. Se fosse scoppiata una guerra, molte persone sarebbero morte.

"Ci puoi contare! Ho intenzione di uccidere i tuoi amici uno per uno. Ma ... a te riserverò un trattamento speciale ..." Una risata malata risuonò nella mia mente. Rabbrividii a quel pensiero. Non ci tenevo proprio a scoprire che cosa fosse questo trattamento speciale.

Odiavo così tanto quel demone! "Ma vuoi stare zitto?" gli urlai contro con la mia mente.

Steven vide la mia faccia. "È di nuovo lui, vero?"

Anche se eravamo compagni e potevamo comunicare attraverso le nostre menti, lui non poteva sentire ciò che il demone mi diceva, né le mie risposte. Non capivo bene il perché. Mi è stato spiegato che è una sorta di connessione di comunicazione. Come quando si compone un numero di telefono sul cellulare. Raggiungi proprio la persona che stai cercando.

Ho sentito dire che, nel corso dei secoli, alcune persone sono state in grado di parlare con più persone attraverso la loro mente. Per quanto mi riguarda, sapevo che una parte della mia anima era ancora intrappolata con Eurynomos negli Inferi. Questo spiegava il motivo per cui ero legata a lui ed ero in grado di parlargli.

Feci un cenno a Steven. Mi abbracciò forte. Affondai il naso nell'incavo del suo collo, assaporando profondamente il suo dolce profumo. Mi accarezzò dolcemente la schiena con la mano. Sapeva sempre come confortarmi.

"Vieni, portiamo le nostre cose in camera", mi sussurro all'orecchio.

Steven e io conoscevamo molto bene il castello. Era una seconda casa per noi. Depositammo le valigie nella nostra stanza e ci dirigemmo verso il laboratorio di Elwin.

Proprio mentre stavamo per aprire la porta, questa si aprì da sola, facendo uscire uno strano odore dalla stanza. Zach e Lilith uscirono dalla stanza, tenendosi per mano.

Volevo bene a mio zio Zach. Non viveva più con il branco da quando si era trasformato in vampiro. Ma io lo amavo come quando era solo un licantropo. Il colore della sua pelle non era cambiato e non si sarebbe mai detto che fosse un vampiro, se non fosse stato per la sua temperatura corporea più fredda. Hanno detto che il licantropo che era in lui era talmente forte da combattere contro il virus del vampiro e da permettergli di mantenere lo stesso colore della pelle di prima della trasformazione in vampiro. Mi sono chiesta se il suo lupo fosse diverso, ora che era un vampiro.

“Ehi! Guarda un po' se non sono Bianca e Steven!" esclamò Zach felice prima di abbracciarci.

“Ciao zio Zach", dissi allegramente. Poi mi voltai verso Lilith. Aveva legato i suoi capelli neri d'ebano in una treccia. Mi hanno sempre stupito: le arrivavano fino alle ginocchia, anche se erano intrecciati. Pensai che, forse, li teneva lunghi nel caso in cui volesse usarli per far salire un principe fino alla sua finestra. Ridacchiai tra me e me a quel pensiero.

La sua pelle era candida come la neve, come sempre. Era la più bianca in assoluto, persino tra i vampiri. E le sue labbra mantenevano una sfumatura rosso sangue che le faceva sembrare quasi irreali. Era sempre stata bellissima e sembrava più felice che mai ora che si era riunita per sempre a mio zio.

"Ciao Lilith, è un piacere rivederti." le disse Steven.

Lei ci sorrise prima di abbracciarci.

"È passato tanto tempo", commentò. Era vero. È passato molto tempo da quando eravamo venuti al castello.

"Troppo tempo", concordai.

"Allora, sei pronto a sovrintendere i preparativi per la guerra?" Zach chiese a Steven.

Lui fece loro un cenno.

Poiché ero legata a Eurynomos e lui poteva vedere ogni cosa che vedevo, non potevo dare un aiuto nei preparativi per la guerra. A Steven fu concesso, a patto che non mi dicesse nulla. Per lui era difficile tenermi nascoste le cose, come mi aveva già detto. Ma gli ricordai che era per una buona ragione, e così accettò di fare tutto il possibile per collaborare nei preparativi della guerra.

Presi la mano di Steven nella mia, attirandolo a me prima che se ne andasse. Con l'altra mano mi afferrò i fianchi, stringendomi a sé. Chiusi gli occhi mentre le nostre labbra si incontravano. Il suo sapore non mi bastava mai. Giocai con i suoi corti capelli biondi mentre ci baciavamo. Una volta interrotto il bacio, fissai i suoi occhi azzurri e profondi.

"Divertiti con i tuoi preparativi di guerra, amore mio. Saprai dove trovarmi quando avrai finito."

Steven mi strinse la mano. "Puoi contarci. Ti amo da impazzire."

Guardai Steven allontanarsi con Zach e Lilith. Parlavano già animatamente di ciò che sarebbe accaduto. Sapevo di poter contare su di loro per i preparativi della guerra. Lilith era uno dei migliori generali che i vampiri avessero.

"Vedi, non hai scampo, demone!" dissi a Eurynomos con la mia mente prima di dirigermi verso il laboratorio di Elwin.

Quando aprii la porta, lo stesso strano odore mi colpì. Sembrava quasi profumo di caramello. Mi stava facendo venire un po' di fame. Avrei sicuramente mangiato con pacere una crème brûlé in questo momento! Ma non era il momento di pensare a mangiare, ricordai a me stessa.

Entrando nel laboratorio di Elwin ci si poteva aspettare di tutto. L'unica cosa che si poteva sapere con certezza è che sarebbe stato ingombro di ogni genere di cose, da animali morti immersi in vari liquidi, teschi e fiale, vecchi libri e polvere che si accumulava sugli scaffali. Sembrava che ovunque si guardasse si potesse trovare qualcosa che non si era visto l'ultima volta che si era entrati nella stanza. C'erano strumenti e aggeggi di ogni tipo che solo Elwin sapeva a cosa servissero. Avrei davvero voluto sapere a cosa servivano? Credo di no. Ridacchiai tra me e me.

Elwin era intento ad eseguire il suo esperimento, e non si accorse di me. Era impegnato a sezionare un animale con le sue unghie affilate e a versare contemporaneamente uno strano liquido al suo interno. Dal corpo dell'animale si levavano fumi di colore arancione. Ecco da dove proveniva l'odore. Non volevo interromperlo, così osservai in silenzio. Quando Elwin sembrò aver finito di fare quello che stava facendo, fece un passo indietro per guardare il risultato.

Ne approfittai per parlargli, visto che non mi aveva ancora notato.

"A cosa stai lavorando, Elwin?"

Alla mia domanda trasalì e si voltò verso di me. Non era molto alto e la sua schiena era perennemente curva a causa di tutto il lavoro che faceva. I capelli grigi cominciavano ad essere molto evidenti, il che significava che era molto vecchio, soprattutto perché i vampiri vivono centinaia di anni. Non avevo mai osato chiedergli l'età e mi chiedevo se lui se la ricordasse...

Sorrise quando si accorse della mia presenza.

"Oh, mia dolce Bianca! Sono così felice di vederti! Vieni! Dai un'occhiata!"

Sembrava molto entusiasta di mostrarmi il suo esperimento. C'era il corpo di un animale morto in una piccola pozza di sangue, circondato da ciuffi di peli. Mancava la testa, quindi non potevo sapere esattamente cosa fosse. Il corpo era squarciato e pieno di uno strano liquido. Il fumo sembrava uscire dal punto in cui il liquido toccava la carne.

Guardai Elwin con occhi curiosi. Stava aspettando una mia reazione di qualche tipo. Poi, rendendosi conto che non avevo capito cosa stesse facendo, si scusò.

"Mi dispiace tanto! Avrei dovuto raccontarti un po' di cose prima. Vedi, qualcuno stamattina ha catturato questo coniglio. L'ho tenuto in vita fino al momento in cui ho iniziato questo esperimento. La povera creatura non ha sofferto, però. Mi preoccupo sempre di essere delicato con le creature viventi."

Le sue ultime parole mi sollevarono. Elwin sapeva quanto apprezzassi ogni vita, sia essa umana, vampiro, licantropo, animale o persino insetto... beh, ok, le zanzare forse no." Poi continuò con le sue spiegazioni.

"Vedi, sto cercando un modo per localizzare l'anima nel corpo." Teneva in mano una fiala. E continuò: "Il liquido in questa fiala è in realtà costituito dalle lacrime di Psiche."

A quel nome rimasi a bocca aperta.

"Intendi dire LA Psiche? La dea dell'anima in persona?" esclamai, interrompendolo.

Elwin mi sorrise.

"Quella stessa dea, figlia mia. Sono molto rare, ma ho trovato le sue lacrime in questa fiala. Non chiedermi come le ho avute. Conosco molte persone e ho toccato le corde giuste per ottenerle. È stato difficile ottenerle, ma ora sto cercando di trovare l'anima che le ha portate in vita."

Fissai con stupore la sua fiala. Ero senza parole. Dio solo sa dove o come si era procurato quelle lacrime. Immagino che fossero sicuramente difficili da trovare e che dovessero essere vendute a buon prezzo sul mercato clandestino. Preferivo non conoscere tutti i dettagli. E sebbene tutto ciò fosse molto interessante, non era questo il motivo per cui ero venuta nel suo laboratorio. Avevo le mie questioni urgenti da sbrigare.

"Tutto questo sembra molto affascinante, ma tu sai perché sono qui."

Elwin alzò un dito in aria esclamando: "Giusto! Mi ero quasi dimenticato!"

Si girò e andò verso uno dei suoi grandi scaffali di legno che decoravano le pareti. Sullo scaffale erano allineati molti libri. Alcuni sembravano molto vecchi e impolverati. Alcuni sembravano rilegati in pelle di animale. Altri erano seriamente danneggiati. A uno di essi mancava una parte del lato e le pagine si tenevano a malapena insieme. Mi chiesi di cosa trattassero. Elwin prese alcuni grandi libri di pelle. Lì non c'era polvere. Sembrava che fossero stati aggiunti di recente alla sua collezione.

"Ecco a te, mia dolce bambina."

Mi brillarono gli occhi quando lessi il titolo del primo libro: "Dei demoni e degli inferi." Immaginai che anche gli altri libri trattassero argomenti simili. Ero impaziente di iniziare a leggerli.

"Li ho trovati in fondo alla biblioteca del castello l'altro giorno. Sono sicuro che i segreti che contengono ti aiuteranno contro Eurynomos."

"Oh, ti ringrazio tanto!" quasi urlai, tanto ero emozionata. Stavo persino saltellando dalla gioia.

Elwin sorrise. Poteva essere un vecchio vampiro stregone ma sembrava sempre desideroso di aiutare le persone e assai contento quando si dimostrava utile.

"Ho anche lavorato per cercare di trovare una cura per tuo padre", continuò. Mi fece cenno di seguirlo mentre si dirigeva verso un leggio di pietra in fondo alla stanza. Era sorretto da piedini in pietra grigia, scolpiti con motivi inusuali. Era una vera meraviglia.

Il leggio sorreggeva un grande libro, con un segnalibro di stoffa all'interno, per ricordare quale fosse la pagina aperta. La luce della finestra lo illuminava, e le lettere sembravano brillare.

Guardai il libro in attesa che Elwin mi spiegasse di cosa trattava.

"Ho trovato questo libro che descrive le erbe elfiche. Per la maggior parte, le conoscevo già. Ma di questa", disse indicando con il dito la pagina aperta "non ne avevo mai sentito parlare.”

Guardai il libro. C'era il disegno di un alto stelo che saliva dritto con alcune lunghe foglie che crescevano dalla base della pianta. In cima c'erano centinaia di piccoli fiori bianchi che ricoprivano completamente la parte superiore dello stelo. Lessi il nome ad alta voce: "Angelus Hyssopus.”

"Sì", disse Elwin "l'Angelus Hyssopus. Conoscevo già l'issopo comune. Cresce un po' ovunque nelle terre degli elfi. I suoi fiori sono viola e produce un tè molto delizioso. Ma non avevo mai sentito parlare dell'Angelus Hyssopus.”

“Bene", lo interruppi. "Ma a cosa serve?”

Elwin si accigliò un po'. "Sei impaziente, figlia mia! Ci stavo arrivando.”

Si ricompose e continuò: "Si dice che questa pianta abbia i più elevati poteri curativi. Si ritiene che protegga dalla peste e che venga usata per purificare i luoghi sacri. Credo che dovremmo cercare di recuperarla e preparare una pozione per tuo padre.”

Questo fiore sembrava meraviglioso! Il mio cuore batteva forte e non riuscivo a trattenere la mia eccitazione.

"È perfetto! Dove lo possiamo trovare?"

"L'Angelus Hyssopus è molto raro. Si dice che cresca solo ad alta quota, dove c'è acqua in abbondanza. Ogni tentativo di farlo crescere in casa è fallito. Quando viene reciso, deve essere immediatamente avvolto in un panno e utilizzato il prima possibile, altrimenti il fiore appassirà troppo velocemente e le sue proprietà magiche andranno perse."

"Quindi, fammi capire bene. Non sappiamo dove cresce. Sappiamo che è raro e che deve essere riportato indietro immediatamente, altrimenti non funzionerà."

Elwin annuì. Scossi un po' la testa. Sarà una sfida più ardua di quanto pensassi. Conoscevo pochissimo le terre degli elfi. E anche se l'avessimo trovato, non ero sicura che avrebbe funzionato. Ma sapevo che valeva la pena tentare. Non volevo che nostro padre morisse. Era nel suo letto, sofferente, da più di due anni ormai. Dovevo almeno provare.

"Grazie Elwin. Inizierò a leggere i libri sui demoni che mi hai dato. E inizierò a cercare nelle terre degli elfi per vedere se riesco a trovare un luogo in cui possa crescere l'Angelus Hyssopus ."

"Al vostro servizio, mia dolce signora", disse Elwin, prima di riprendere i suoi esperimenti sull'anima.

Lasciai il suo laboratorio e mi diressi verso il giardino interno del castello. Adoravo passeggiare in quel giardino! Un albero molto alto lo incorniciava con alcune macchie di fiori. Sembrava che ci fossero sempre molte farfalle che volavano intorno a quei fiori. Mi sedetti su una delle panchine. Era il mio posto preferito per leggere.

Mi sorprese che Eurynomos non avesse nulla da dire su tutto quello che era appena successo. Era spaventato? Forse avevamo scoperto qualcosa? Questo mi dava speranza. Aprii il primo libro, "*Dei demoni e del mondo sotterraneo*", e iniziai a leggere.

Capitolo 3 (Will)

La compagna predestinata

Ero nella sala riunioni della casa del branco, a studiare una mappa. Avevo già radunato tutti i clan vicini alla nostra causa. Se Eurynomos avesse avuto successo nel suo piano di muoversi nel mondo dei vivi, avremmo avuto bisogno di tutto l'aiuto possibile. Ora si presentava una scelta difficile. Dovevo andare oltre, alla ricerca dei branchi più lontani? Oppure cercare di radunare il branco di licantropi ribelli su al nord?

I miei consiglieri mi dissero che non valeva la pena cercare di convincere i ribelli a unirsi a noi. Erano comunque canaglie e non rispettavano le nostre regole. Ma non ne ero così sicuro. A nord, un po' più a ovest del fiume San Lorenzo, viveva l'unico branco di canaglie conosciuto. Di solito i lupi ribelli non fanno branco. Vivono da soli, o in piccole coppie, rifiutandosi di sottostare a qualsiasi modello di società. Ma questi mi incuriosivano. Avevano deciso di unirsi e di formare un branco. Non rispettavano le leggi comuni dei licantropi, ma avevano le proprie leggi. Mi chiedevo se ci si potesse fidare di loro.

Feci qualche rapido calcolo. Il branco dei ribelli era a poche ore di distanza. Se non si uniranno alla nostra causa, perderò meno di un giorno. Nel peggiore dei casi, se cercheranno di attaccarmi, sono un Alfa. Dovrei essere più che in grado di difendermi. Tuttavia, se decidessi di andare a trovare i branchi di lupi che vivono più lontano, mi servirebbe più di una settimana solo per il viaggio, e altrettanto per il ritorno. Mi sembrava che andare dal branco dei ribelli fosse una scelta migliore. E se non avesse funzionato, avrei sempre potuto prepararmi per un viaggio più lungo.

Uscendo dalla sala riunioni, mi imbattei in Marcus, uno dei consiglieri più anziani. Aveva corti capelli grigi e una folta barba brizzolata. Nonostante l'età, continuava a pattugliare quotidianamente il territorio del branco. Aveva a cuore la sicurezza del branco, ma sapevo che aveva anche le sue ragioni personali per pattugliare. Era ormai troppo vecchio per combattere, ma era saggio. Sospettavo che potesse ancora sferrare un colpo, se qualcuno avesse violato il territorio del branco. Lo rispettavo molto. Era uno dei migliori amici di mio padre.

"Mio Alfa", si inchinò verso di me.

"Marcus, ti prego, non c'è bisogno di essere così formale con me, amico mio."

Si rialzò e sorrise.

"Porterò sempre rispetto al mio Alfa."

"L'hai già fatto. Non dubiterò mai della tua lealtà."

Marcus sorrise alle mie ultime parole.

"Hai deciso la tua prossima destinazione?"

Gli feci un cenno.

"Sì, andrò a visitare il branco dei lupi ribelli."

Marcus scosse la testa all'indietro, sorpreso. Si mise a giocherellare con le dita mentre rispondeva: "Ma... Sai che non ci si può fidare dei lupi ribelli, vero? Cosa ti fa pensare che ti ascolteranno?"

Scrollai le spalle.

"Non lo so, ma vivono in pace da anni, non troppo lontano dai nostri confini. Io dico che vale la pena di fare il viaggio."

Marcus non sembrava del tutto convinto, ma non era necessario che lo fosse. Ero io l'Alfa, ero io a prendere le decisioni.

"Come vuoi tu", rispose semplicemente.

Sospirai; non volevo essere scortese con un vecchio amico. Mi avvicinai a lui e gli misi una mano sulla spalla.

"Ascolta Marcus, so che non sei d'accordo con me. Ma ti prego di comprendere le mie ragioni. Se questa guerra si farà, avremo bisogno di tutti i lupi di cui disponiamo. Anche degli umani! Questo branco di ribelli è a meno di un giorno di distanza. Potrebbero rivelarsi utili se scoppiasse una guerra."

Marcus lasciò andare il respiro che stava trattenendo.

"Sì, hai ragione. Lascerò da parte la mia opinione sui lupi ribelli per il bene del branco."

Sapevo che a Marcus non piacevano i lupi ribelli. Uno dei suoi migliori amici era stato ucciso da uno di loro, anni fa. Stava attraversando il bosco e a poca distanza si trovava un lupo ribelle. Per una ragione ancora sconosciuta, il lupo uccise il suo amico. Marcus cercò di rincorrerlo il più velocemente possibile, ma quest'ultimo riuscì a scappare. Si allontanò e nessuno lo vide più. Solo Marcus ricorda il suo odore. Ha passato il resto della sua vita a cercare di ritrovare l'odore di questo lupo nel territorio del nostro branco, e lo fa ancora oggi. So che è il motivo per cui continua a pattugliare i confini del branco.

"Se ti dovesse capitare di sentire l'odore del lupo da qualche parte in quel branco, ci asterremo dall'unirci a loro. La cosa ti fa piacere?"

Marcus si mise una mano sul cuore mentre sussultava. Sembrò rilassarsi un po' e sorrise.

"Sì, grazie! Sarebbe fantastico!"

Felice della sua reazione, mi voltai per andare a controllare Jane. Volevo vederla prima di andare a occuparmi del branco dei ribelli.

Jane era Luna da qualche giorno. Volevo assicurarmi che si sentisse sicura. E che il branco la rispettasse prima di partire. La trovai nella nostra stanza, mentre guardava alcuni documenti, seduta alla scrivania. Non riuscivo ancora a rassegnarmi a marchiarla. Non sapevo perché, ma il mio lupo non sembrava desideroso di farlo.

Anche adesso, seduta sulla sedia a leggere, era bellissima e il mio cuore batteva alla sua vista. Era una lupa meravigliosa e mi piaceva baciarla e compiacerla finché non avesse urlato il mio nome. Non capivo davvero cosa trattenesse il mio lupo. Cercai di parlargli. Sapevo che sperava davvero di trovare la nostra compagna predestinata. Ma gli dissi chiaramente che ora era Jane la nostra compagna. Da allora non mi ha più parlato. Si è chiuso completamente in se stesso e mi è sembrato strano perdere quel legame con il mio lupo.

Immagino che fosse solo una questione di tempo prima che la accettasse e che tutto tornasse alla normalità.

Entrai nella stanza. Jane alzò la testa dal documento che stava leggendo e mi sorrise mentre andavo verso di lei. Si alzò, i suoi occhi di smeraldo mi fissarono l'anima. La tirai a me, cingendole la vita con un braccio. Lei si sollevò sulle punte dei piedi, avvicinando le sue deliziose labbra alle mie. Le nostre lingue si intrecciarono. Sentivo il cuore battere forte e il respiro accelerato. Gemetti un po' quando lei smise di baciarmi.

"Oh Jane, hai un sapore paradisiaco. Potrei passare tutto il giorno tra le tue braccia."

Ridacchiò un po'.

"Peccato che tu abbia delle mansioni Alfa da svolgere", mi stuzzicò.

Avevo quasi dimenticato cosa dovevo dirle...

"Questo mi ricorda che dovrò assentarmi per un giorno."

"Perché?", domandò, chiaramente non contenta di questo.

Sospirò. "Cose da Alfa... Devo andare a vedere il branco dei ribelli a nord."

Jane incrociò le braccia sul petto.

"Non puoi mandare qualcun altro? A malapena passi del tempo con me. Capisco che hai i tuoi doveri, ma vorrei che restassi con me."

Le afferrai le mani, stringendole delicatamente.

"Jane, vorrei poterlo fare. Ma questa è una questione importante. Non vorrei che fallisse per non esserci andato da solo."

Jane si avvicinò e si appoggiò al mio petto. Il suo respiro caldo soffiava dolcemente sul mio collo.

"Capisco. Volevo solo passare più tempo con te. E sai... forse i nostri lupi avrebbero potuto conoscersi meglio."

Sapevo che era impaziente che il mio lupo la accettasse come compagna. Sapevo che voleva essere marchiata. Trascorrere più tempo insieme avrebbe sicuramente aiutato ad accelerare il processo.

"E se invece partissi domani? Potremmo passare il resto della giornata insieme."

Jane fece un largo sorriso.

"Davvero? Lo faresti per me?"

"Certo!" Ricambiai il sorriso.

Mi cinse il collo con le mani e mi baciò ancora una volta, mordicchiandomi il labbro inferiore. Sentivo il profumo della sua eccitazione. Quanto avrei voluto prenderla in questo momento.

Cominciai a portarla verso il letto mentre la baciavo. Il suo respiro si fece più rapido e le sue mani iniziarono a percorrere il mio corpo. I miei pantaloni quasi non contenevano più la mia eccitazione.

Proprio mentre stavo per togliere la camicetta a Jane, la porta della nostra stanza si aprì violentemente, colpendo il muro.

"Chi diavolo è entrato in camera mia senza bussare?" ringhiai, arrabbiato.

Una vedetta era lì, senza fiato. I suoi occhi si spalancarono e fece un movimento indietro.

"Mi... mi dispiace, mio Alfa...", balbettò agitando le mani. "È stato avvistato un lupo ribelle nel nostro territorio."

La mia rabbia calò improvvisamente.

"Dove?"

"A nord del territorio, vicino al confine."

"Grazie, partirò tra poco!"

La vedetta sembrava sollevata. Mi voltai verso Jane, che aveva uno sguardo complice. Il nostro tempo da trascorrere insieme era di nuovo svanito.

"Mi dispiace", le dissi.

Lei scosse la testa: "Non fa niente. Tu sei l'Alfa. Vai!"

Uscii di corsa. Non ebbi neppure il tempo di togliermi i vestiti prima di lasciare che il mio lupo prendesse il controllo su di me. Cercava di farsi strada nella mia testa violentemente, chiedendomi di lasciarlo uscire. I miei vestiti si strapparono, ma non mi importava. Correre con le sembianze di un lupo sarebbe stato molto più veloce.

Corsi il più velocemente possibile, lasciandomi guidare dai miei sensi. Quando cominciai ad avvicinarmi al confine del territorio, colsi il lieve odore di un lupo. Non sapevo cosa fosse, ma aveva un odore... così buono. Cercai di ricordare al mio lupo che dovevamo dare la caccia al lupo ribelle che era stato visto nel nostro territorio, ma a lui non importava più. Tutto quello che voleva era seguire l'odore.

Più ci avvicinavamo, più il profumo diventava forte. Devo ammettere che aveva un buon odore e morivo dalla voglia di sapere chi profumava così. Era un'attrazione innegabile. Era così forte che non riuscivo a resistere; non volevo resistere.

Seguii il profumo. Era ormai così forte che riuscivo a percepire il dolce effluvio del gelsomino e degli agrumi. Quel profumo mi stava facendo impazzire! Finalmente trovai da dove proveniva. Una donna era in piedi non molto lontano da me. La sua pelle era di un bel colore fulvo. Aveva numerosi tatuaggi sul braccio e tre paia di orecchini. I suoi capelli erano lunghi, neri e ricci. I leggings attillati le abbracciavano le gambe e la loro vista accendeva un fuoco dentro di me. La camicia le scopriva le spalle prima di scorrere morbidamente. Era armata di un arco.

Guardai la sua aura e vidi che era pura e forte. Pensai che fosse semplicemente la donna più bella che avessi mai visto. Mi sembrava una pietra preziosa grezza. Ed era anche una mutaforma. Potevo sentire la sua lupa. Il mio lupo urlava nella mia testa: "Prendila! Falla tua!" Ma... ma non poteva essere vero. Avevo già una Luna. Non potevo abbandonare Jane, così, su due piedi. Non dopo averla introdotta nel branco e aver lavorato così duramente per far sì che tutti si fidassero di lei.

Sicuramente anche la donna sentiva l'attrazione del legame. Mi stava fissando intensamente. Non aveva paura del mio lupo, anche se ero un Alfa e il mio lupo era enorme. Era inutile cercare di nascondermi. Tornai alla mia forma umana per poterle parlare. Potevo leggere la bramosia nei suoi occhi, che fissavano il mio corpo nudo. Tuttavia, girò un po' la testa e prese un paio di jeans dalla sua borsa, lanciandomeli addosso. I jeans erano impregnati del suo odore, dato che si trovavano nella sua borsa. Dovetti trattenermi dall'infilarci il naso per annusare meglio. Mi chiesi cosa ci facesse con un paio di pantaloni da uomo nella sua borsa. Appartenevano forse a una persona speciale? A quel pensiero un ringhio flebile mi sfuggì dal petto.

A quel suono sorrise, come se mi leggesse nel pensiero.

"Tengo sempre con me ogni tipo di vestito. Non si sa mai quando può servire", mi spiegò. Naturalmente non poteva sapere cosa stavo pensando, visto che non l'avevo marchiata e che ci eravamo appena conosciuti. Immagino che fosse ovvio.

"Chi siete?" domandai. "Cosa ci fate nel territorio del mio branco?"

"Sono Leila, del branco delle Mani del Destino."

Leila, che bel nome, pensai. Suonava così femminile. Eppure, allo stesso tempo, il suo nome conteneva forza. Un po' come lei, era forte e bella allo stesso tempo. Scossi la testa. A cosa stavo pensando? Accidenti, Will, concentrati! pensai tra me e me.

"Non ho mai sentito parlare del vostro branco prima d'ora."

Mentre pensava, mise una mano sui fianchi, rendendo le sue curve ancora più invitanti.

"Oh sì! Probabilmente ci chiamate "lupi ribelli", o qualcosa del genere."

Ha appena detto "ribelli"? Lei sarebbe il ribelle che la mia vedetta aveva avvistato nel nostro territorio. Non può essere! Non è possibile che un Alfa si accoppi con una ribelle! Non andava bene, non andava bene per niente. Il mio lupo non era d'accordo. Non gli importava che fosse una ribelle. Ma gli ricordai che avevamo già una compagna che ci aspettava. Mi ringhiò contro, ma non mi importava. Come Alfa del branco, avevo le mie responsabilità.

"Non avete risposto alla mia domanda. Cosa ci fate nel territorio del mio branco?"

Leila mi guardò con i suoi profondi occhi marroni come il cioccolato. Sentivo che il legame di coppia mi attirava fortemente. Tutto quello che volevo fare era cedere. Sapevo che anche lei lo sentiva.

"Qualche giorno fa, ho percepito il vostro profumo. Dovevo scoprire da dove proveniva. E ora lo so", aggiunse con un sorriso. Quel suo sorriso fece sciogliere il mio cuore. Come desideravo poterla fare mia.

Ma non potevo. Avevo già una Luna. Il branco aveva accettato Jane come sua Luna; non potevo sostituirla in questo modo. E non era possibile che il branco accettasse una Luna disonesta.

"Ho già una compagna." Parlai nel modo più freddo possibile, cercando di nascondere le mie emozioni.

Leila fece un passo indietro quando pronunciai quelle parole. Si mise una mano sulla bocca e disse con voce tremante: "Non può essere..."

Il mio cuore si stava lacerando e il mio lupo era furioso contro di me. Sapevo che le stavo facendo del male e che mi faceva male farlo. Ma sapevo che era la scelta giusta, in quanto Alfa del branco. Avevo delle responsabilità e queste venivano prima di tutto. Mi schiarii la gola.

"È così, anche se non è la mia compagna designata. Ma ho una compagna."

Cercai di nascondere il più possibile i miei sentimenti, ma sapevo che probabilmente lei poteva sentirne almeno una parte, dato che eravamo compagni predestinati.

"Allora respingetemi! Così sarà finita e saremo liberi da questo legame." Ora era furiosa. Potevo vedere il dolore nei suoi occhi e mi dispiaceva tanto di averlo causato. Potevo anche vedere quanto fosse forte. Come avrei voluto conoscerla a fondo. Il mio lupo continuava a gridare dentro me: "Compagna! Reclamala! Abbiamo bisogno di lei!" Ma io continuavo a ignorarlo.

"Io, Will, del branco della Foresta del Sud, rifiuto...."

Per tutta la mia vita ho cercato la mia compagna predestinata. Oggi, finalmente, l'avevo trovata. Cosa stavo facendo? Dovevo davvero respingerla? E le mie responsabilità di Alfa? E Jane? Se l'avessi respinta, il legame di coppia si sarebbe spezzato. Per un po' mi avrebbe fatto male, ma lei lo avrebbe superato e io pure. Ma se io lo avessi fatto, avrei perso la possibilità che la Dea della Luna mi aveva dato di trovare la persona fatta per me. Dovrei davvero fare questo?

La mia testa era piena di dubbi. Non sapevo più cosa fare. Volevo sedermi, non riuscivo più a ragionare.

Guardai Leila, che aveva gli occhi chiusi, come se si stesse preparando all'impatto della rottura del legame di coppia. Volevo davvero farle provare quel dolore? Anche con gli occhi chiusi, sembrava perfetta. Le sue labbra sembravano allettanti; dovetti trattenermi dal cedere e baciarla.

Rendendosi conto che non parlavo più, aprì gli occhi.

"Allora? Continua! È già doloroso così!" La sua voce tremava.

Mi sentivo male. Non riuscivo a rispondere a nulla, un nodo mi si formava in gola. Avrei voluto confortarla. Lei sospirò.

"Bene! Allora lo farò io! Io, Leila, del branco delle Mani del Fato, respingo...."

Non le lasciai il tempo di finire. Gridai: "No, non è vero!"

Sembrò sorpresa e prima che potesse provare a finire la frase, mi ritrasformai nella mia forma di lupo, strappando i pantaloni che mi aveva dato, e corsi il più velocemente possibile verso la casa del branco. Ero certo che non mi avrebbe seguito.

*********** POV: Leila ***********

Rimasi a bocca aperta. Non riuscivo a muovermi, mentre guardavo, sbalordito, il mio compagno che scappava. Che diavolo era successo? Era stato lui a dire di avere una compagna. Perché non mi ha permesso di rifiutarlo? Almeno avremmo potuto liberarci da questo legame maledetto. A che cosa serviva trovare il proprio compagno designato quando lui non ti vuole? Ora, la mia lupa non sarà mai soddisfatta finché non lo ritroverò. Voleva forse mantenere questo potere su di me e sull'altro compagno? Che presuntuoso! Perché la Dea della Luna mi avrebbe fatto accoppiare con una persona del genere? Il destino è così difficile da capire!

Guardai nel punto in cui lui si trovava solo pochi secondi prima. I jeans che gli avevo regalato erano tutti strappati. Erano tra i miei preferiti. Avvicinandomi ai brandelli a terra, non riuscii a trattenermi. Ne raccolsi uno e lo portai al naso. Facendo un respiro profondo, mi resi conto che aveva il suo odore. La mia lupa fu subito felicissima. Lei continuava a ripetere "compagno" nella mia testa. Ho cercato di dirle che lui voleva respingerci, ma lei mi ha risposto che non era così... Il che era vero. Immagino che lo troverò prima o poi per concludere la faccenda. Per quanto non volessi, presi con me il pezzo di jeans, piegandolo ordinatamente nella mia borsa. Raccolsi il mio arco e iniziai a camminare verso il territorio del mio branco.

Beh, oggi si è rivelata una pessima giornata. Speravo di trovare il mio compagno e di trovare l'amore. Invece ho trovato un maschio arrogante che preferisce l'altra compagna a me. Voglio dire, accidenti! La prescelta dalla Dea della Luna! Non posso credere che abbia i nervi saldi! Non posso credere che il suo lupo lo accetti! La mia lupa non accetterebbe mai di accontentarsi di qualcuno che non sia il suo compagno designato. Forse per un appuntamento occasionale, ma non in modo definitivo. Se io fossi in coppia con un uomo e trovassi il mio compagno predestinato, andrei subito con il mio compagno predestinato! Qualsiasi lupo lo capirebbe! Trovare il proprio compagno predestinato è stata una benedizione. C'era solo una persona fatta apposta per te. Non si dice di no alla Dea della Luna.

Non vedevo l'ora di dire a Skye quello che era successo. Almeno lei mi sarà vicina. Sono fortunata ad avere un'amica così buona. Questo pensiero mi risollevò un po' il morale.

Capitolo 4 (Leila)

Le mani del destino

La passeggiata verso il branco mi aiutò a schiarirmi un po' le idee. Il mio cuore non si era ancora stabilizzato e la mia lupa continuava a chiedermi di andare a cercarlo. Ma mi sentivo un po' meglio. Presto arrivai nella nostra piccola città. Beh, dico città, ma in realtà sono solo poche file di case. Non abbiamo negozi o scuole. Per quello andiamo nelle città umane, mescolandoci agli umani come hanno sempre fatto i nostri antenati, vivendo in pace. Naturalmente, preferiamo rimanere qui, nel nostro piccolo angolo di paradiso, il più possibile.

Il nostro branco aveva antiche origini. Abbiamo imparato a vivere insieme, un tutt'uno con la natura. Abbiamo cercato di non disturbare la foresta il più possibile. Costruivamo le nostre case solo con gli alberi caduti, mescolando il legno con pietre, fango e foglie, se necessario. Di solito lasciavamo crescere le piante sui lati e sui tetti delle case. Assorbivano il calore del sole durante l'estate, mantenendo le case fresche. La vegetazione che cresceva sulle nostre case le rendeva anche più difficili da individuare per un occhio inesperto. Non volevamo attirare inutilmente l'attenzione.

Era un posto bellissimo in cui vivere. Presto arrivai alla casa principale della città. Questo edificio era più grande degli altri. È lì che vivevo con mia nonna Ravynne. Con i suoi sessantadue anni, era la più anziana tra noi. Per quanto potesse non essere molto vecchia, mi fu raccontato che qualche anno prima della mia nascita gli orchi attaccarono la città all'improvviso. Nessuno ha mai saputo da dove venissero o perché avessero deciso di attaccarci. So solo che tutti gli adulti del branco andarono a combattere, proteggendo i più giovani. Il nostro branco era forte, ma nonostante i lupi e i poteri magici che possedevamo, quasi tutti furono uccisi. Quel giorno, mia nonna divenne improvvisamente il membro più anziano del branco e la capoclan.

Non ci siamo attenuti all'ordine sociale dell'Alfa come gli altri branchi di lupi. Credo che questo sia uno dei motivi per cui siamo stati chiamati lupi ribelli. La nostra società è matriarcale, il che è in contrasto con tutti gli altri branchi di lupi che ho incontrato finora. Nel nostro branco, apprezziamo la saggezza dei membri più anziani. E sono loro a insegnare ai giovani tutto ciò che non possiamo imparare nelle scuole umane, come la magia. Nel nostro branco non ci sono solo licantropi, ma anche streghe. Alcuni di noi, come me, sono streghe mannare. Nati come lupi, ma anche con poteri magici. Mia nonna, così come alcuni membri anziani del branco, ricorda gli antichi segreti dei poteri magici delle streghe.

Quando mi avvicinai a casa, vidi mia nonna seduta sul portico che raccontava una storia ai bambini. Pendevano dalle sue labbra mentre raccontava, ancora una volta, la storia della notte dell'attacco degli orchi. Ci siamo premurati di raccontare le storie del nostro branco, di generazione in generazione, per assicurarci che non venissero mai dimenticate.

Mi sedetti con i bambini ad ascoltare il resto della storia, aspettando che mia nonna finisse. Guardavo i bambini che spalancavano la bocca mentre lei raccontava la sua storia. Alcuni bambini chiudevano gli occhi o si coprivano il volto con le dita quando il racconto li spaventava. Uno di loro ha persino sussultato e si è tappato le orecchie con le mani. È stato così bello vedere l'ammirazione dei bambini. Potevo vedere la storia che si svelava nelle loro piccole menti.

Quando mia nonna finì di raccontare la storia, si alzò. Mi avvicinai per abbracciarla. Era così bella, con i suoi lunghi capelli bianchi che le scendevano lungo la schiena. Alcune trecce qua e là completavano il suo aspetto.

Indossava il suo solito mantello di pelle d'orso nera sopra un semplice abito di cotone che le scendeva fino alle caviglie. Portava una cintura di pelle di cervo. Dalla cintura pendevano alcuni gingilli e una borsa. Vi teneva sempre delle erbe di base, nel caso in cui avesse avuto bisogno di preparare una cura o un veleno d'emergenza. Mia nonna non era un licantropo. Era una strega. Non poteva trasformarsi nel suo animale quando era in pericolo. Ma la sua magia era molto potente. Sapeva come curare le persone e come fare del male ai suoi nemici.

Mia nonna era l'unica famiglia che mi era rimasta. Le volevo un bene dell'anima. Mi aveva cresciuto quando i miei genitori erano stati brutalmente uccisi da alcuni umani. Mio padre lavorava nella città vicina e fece amicizia con alcuni umani. Pensava di potersi fidare di loro. A un certo punto, raccontò loro di essere un licantropo. La settimana successiva, i suoi amici invitarono i miei genitori a mangiare con loro. Ma hanno versato del veleno nel cibo dei miei genitori, indebolendoli. Poi li aggredirono. A causa del veleno, non potevano trasformarsi nella loro forma di lupo per difendersi o usare la magia. Qualsiasi veleno avessero usato, doveva essere molto forte. I cadaveri dei miei genitori furono trovati fuori dalla città umana da una delle nostre vedette. Erano scomparsi da giorni. Cercai di non rievocare questi ricordi. Ero solo una bambina, ma fa male, ancora oggi.

"Com'è andata la ricerca del tuo compagno?", chiese mia nonna.

Mi si formò un nodo in gola e sentii lo stomaco stringersi. Non volevo proprio parlarne.

"Ehi, perché non parliamo dell'organizzazione della prossima caccia?" suggerii. Sentivo già la mia voce che cominciava a tremare. Il solo pensare a Will mi faceva male.

Mia nonna aveva un'espressione di compassione e mi raggiunse. Corsi nel suo abbraccio, lasciando scorrere le lacrime. Avevo così tanto bisogno del suo conforto che non me ne rendevo nemmeno conto.

"Oh, tesoro, non è andata bene, vero? Non vuoi dirmi cosa è successo?"

Inspirai profondamente. Stare tra le braccia di mia nonna mi riscaldava un po' il cuore e mi faceva sentire un po' meglio.

"Che diavolo ha fatto alla mia migliore amica?", chiese una voce dietro di me.

Mi girai e vidi Skye.

Conosco Skye da sempre. Siamo sempre state amiche. Era piccola, aveva i capelli neri e lisci che le arrivavano alle spalle e le piaceva indossare abiti sofisticati che comprava nelle città umane. Skye non è nata con un animale, al contrario di me. Non era nemmeno nata con i poteri delle streghe. Le volevo bene lo stesso. Mia nonna diceva sempre che i poteri, o la loro mancanza, non definiscono chi sei. Sapevo che aveva ragione.

Stare con la mia migliore amica e con mia nonna, mi faceva sentire già meglio.

"Skye! Che bello che tu ti sia unita a noi", commentò mia nonna.

"Ravynne, è sempre un piacere vederti", rispose Skye sorridendo.

"Leila, tesoro mio. Ti va di raccontarci cosa è successo quando hai incontrato il tuo compagno?", mi chiese mia nonna.

Sospirò. Dovevo loro almeno una spiegazione, anche se non mi andava di parlarne. Pensai al modo più rapido e meno doloroso per dirglielo.

"Ha detto che ha già una compagna." Pensai che forse non avrei dovuto parlarne ulteriormente dicendo questo.

"Cosa? Pensavo fosse impossibile!", esclamò Skye.

Mi resi conto che Skye pensava che Will avesse un'altra compagna predestinata. Non è esattamente quello che intendevo, pensai tra me e me. Ma non mi andava nemmeno di parlarne. Guardai mia nonna. Mi guardava con occhi gentili. Lei mi conosceva abbastanza bene. Aveva capito senza che io dicessi nulla.

"Va bene, Skye", cominciò. "Non sappiamo tutto quello che la Dea della Luna ha in serbo per noi."

"Ma..." cercò di protestare Skye.

"Non è il momento", interruppe mia nonna. "Vieni, è ora di preparare le piante per il corso di stregoneria sui medicamenti."

Skye sbuffò e si strinse le labbra. Poi sospirò. "Va bene, tanto non ho scelta", si lamentò.

Mia nonna rise un po', abituata ai capricci di Skye.

"Suvvia, Skye. Hai sempre una scelta nella vita", rispose mia nonna.

Le guardai mentre si dirigevano verso casa. Ero felice di non dover più parlare del mio compagno. Sapevo che la nonna doveva preparare gli ingredienti per il corso di stregoneria. Sapevo anche che non doveva farlo subito ma che lo aveva detto per me, per far sì che Skye smettesse di fare domande. Le ero davvero grata per questo.

Andai a raccogliere alcune foglie e piante che sapevo ci sarebbero servite per il corso di stregoneria. Avrebbe distolto la mia mente da Will; almeno lo speravo. Mi piaceva molto assistere alle lezioni di mia nonna. Anche se le mie capacità di stregoneria erano molto avanzate, amavo partecipare in ogni modo possibile. Mi piaceva aiutare i piccoli che lottavano per avere successo. Con grande leggerezza, tirai fuori dalla borsa il pezzo di jeans e me lo portai al naso. Non potei fare a meno di sorridere al suo profumo. Questo legame di coppia mi stava sicuramente stuzzicando. Lo rimisi rapidamente nella borsa prima che qualcuno mi vedesse e andai a svolgere i miei compiti.

Il sole si stava già abbassando all'orizzonte, infiammando il cielo al suo tramonto. Era l'ora della lezione di stregoneria di mia nonna. Misi da parte le pernici che avevo cacciato con l'arco durante il pomeriggio. Ero uno dei migliori arcieri del branco. Insieme ai miei poteri magici e alla mia lupa, si può dire che fossi ben preparata ad affrontare qualsiasi situazione.

Ceppi di legno e rocce formavano un cerchio nella piccola valle vicino al nostro villaggio. I bambini erano già seduti su di essi, impazienti di iniziare la lezione. Parlavano insieme, alcuni di loro si vantavano di quanto fosse forte la loro magia. Era divertente guardarli e ascoltare le loro storie.

"Ve lo giuro! Sono riuscito a far salire la fiamma fino a qui!", disse un ragazzino, alzando la mano molto al di sopra della sua testa.

"È impossibile!" replicò una bambina.

"Te lo giuro", rispose lui.

"Ho sentito che Melissa ha ottenuto una fiamma alta il doppio di quella", sussurrò un'altra bambina. Tutte hanno sussultato per l'ammirazione, immaginando fiamme alte quasi quanto gli alberi.

Dovetti trattenermi dal ridacchiare. Mi piaceva vedere la spensieratezza dei bambini. Ero felice che il nostro branco fornisse loro la protezione necessaria per crescere felici.

Feci un respiro profondo, una scintilla di magia mi attraversò il corpo facendomi rabbrividire. Questo era il mio posto preferito per fare stregoneria. La magia era forte in queste terre. Potevo sentirla scorrere nelle mie vene. Nelle notti di luna piena, si potevano persino vedere scintille magiche apparire qua e là, quando la magia era al suo massimo splendore. Tutti amavano le lezioni di mia nonna. Anche le fate curiose si erano riunite e aspettavano che iniziasse. Mi piaceva vedere il loro bagliore attraverso i fili d'erba nell'oscurità della foresta.

Al centro del cerchio c'era un'area con muschio e piccole piante. Era il luogo perfetto per praticare la stregoneria, perché tutti avrebbero avuto una buona visuale.

Mia nonna arrivò, seguita da Skye, che teneva in mano un grande cesto pieno di piante preparate per l'occasione.

"Attenta a dove metti i piedi", la avvertì mia nonna.

Skye sospirò al suo commento. Sapevo che Skye odiava che le si dicesse di stare attenta. Ma mia nonna aveva ragione, Skye tendeva a essere maldestra. Non sarebbe stato bello inciampare davanti a tutti con un cesto pieno di reagenti in mano. Sapevo che mia nonna lo aveva detto solo per lei, perché probabilmente si sarebbe vergognata se fosse inciampata.

Quando arrivarono al centro del cerchio, mia nonna mi fece segno di avvicinarmi. Iniziavamo sempre le lezioni di stregoneria facendo la danza sacra degli antenati del nostro branco. Skye non poteva eseguirla perché non era nata con poteri magici. Prendeva posto dietro i bambini, osservandoci. Ho sempre avuto la sensazione che provasse invidia nei miei confronti. Cercavo di allontanare quei pensieri; Skye era la mia migliore amica, era una sorella per me. Eppure, ogni volta che eseguivo la danza con mia nonna, in me si insinuava la stessa sensazione.

Mi trovai di fronte a mia nonna. Entrambe chiudemmo gli occhi e unimmo le mani, richiamando una piccola sfera blu di magia nell'aria davanti a noi. I miei piedi e le mie mani cominciarono a muoversi da soli. Conoscevo questa danza così bene che non dovevo nemmeno pensarci. A ogni giro di piedi e di mani appariva un'altra sfera di magia. Ogni sfera aveva un colore diverso, a seconda dell'elemento che aveva risposto alla nostra chiamata. A turno, la terra, l'aria, l'acqua e il fuoco venivano da noi, prestandoci il loro potere. Ad ogni movimento dei miei fianchi, le sfere danzavano intorno a noi. Era una bellezza in tutto e per tutto, e i bambini erano in soggezione. Terminavamo sempre questa danza facendo segno alle sfere di fondersi tutte insieme rivelando un'enorme sfera di energia bianca. Era così forte che non poteva essere contenuta. Volava verso il cielo ed esplodeva, lasciando tracce colorate, proprio come i fuochi d'artificio. Tutti i bambini erano estasiati di fronte a tanta bellezza. In fondo, Skye si stringeva le labbra in attesa che finissimo.

Le luci si spensero. Finalmente la lezione di stregoneria poteva iniziare. Mi sedetti con i bambini mentre mia nonna iniziava a parlare. Skye venne al mio fianco e si sedette con me.

"Bel lavoro, come sempre", mi sussurrò sorridendo.

"Grazie", risposi sottovoce.

Ci concentrammo sulla lezione, mantenendo l'attenzione su mia nonna, nel caso in cui avesse avuto bisogno del nostro aiuto con la classe.

************ POV: Will ************

Corsi verso la casa del branco il più velocemente possibile. Il cuore mi martellava nel petto. Il mio lupo era furioso contro di me. Avevo gli occhi annebbiati, ma conoscevo il percorso e non avevo bisogno di vedere bene. Quando arrivai davanti alla casa del branco, mi ritrasformai nella mia forma umana. Scossi la testa, tenendomi il viso con le mani. Il mio cuore batteva forte, anche se non stavo più correndo. Il cuore mi faceva male e provavo una sensazione di intorpidimento. Che diavolo mi era successo? Perché non potevo respingerla? Quando ha iniziato a parlare, non potevo sopportare di rimanere ad ascoltarla. Non potevo permetterle di farlo. Il mio lupo aveva preso il controllo su di me. Non accettava il rifiuto. Mi era chiaro che non avrebbe mai accettato Jane come sua compagna. Non ora che avevamo incontrato il nostro compagno predestinato. Questo era certo.

Era del branco dei ribelli. Dovevo annullare il mio viaggio. Non avrei mai cercato il loro aiuto per la guerra. Marcus sarebbe stato contento; sarei andato a trovare i branchi che vivevano più lontano. Non potevo permettermi di rivederla. Era già abbastanza doloroso così. Se l'avessi rivista, non sapevo se avrei potuto resisterle. Non avevo mai sentito un'attrazione così forte. Era come se dipendessi da lei, senza averla mai assaggiata. Se il legame tra compagni era così forte, potevo capire perché si dice che questo legame dura per sempre. Mi presi qualche secondo per cercare di ricompormi. Non potevo permettermi di apparire scosso di fronte al branco. Ero l'Alfa.

Dovevo essere forte. Feci un respiro profondo prima di entrare nella casa del branco.

Mi cambiai nell'atrio e mi rivestii. Mentre mi infilavo i jeans, non potei fare a meno di pensare al paio che Leila mi aveva regalato e che io avevo strappato trasformandomi in lupo. Mi sentivo in colpa e speravo che capisse. Credo che non avesse più importanza, visto che non l'avrei mai più rivista. In qualche modo, questo pensiero mi ferì molto più profondamente di quanto pensassi.

Jane e i consiglieri erano venuti a trovarmi quando avevano saputo che ero di nuovo nella casa del branco. Mi guardavano, in attesa di ricevere il mio rapporto sulla situazione. Li guardai. Ero circondato da persone, ma mi sentivo solo.

"Il ribelle è stato sistemato", dissi semplicemente.

"È morto?" chiese Marcus.

Scossi la testa. "Non voleva farci del male. È tornato nel territorio del suo branco."

Cercai di mantenere un'espressione severa, cercando di nascondere le mie emozioni. Dentro di me, ero un totale disastro. Speravo solo di essere riuscito a ingannare tutti.

"Grazie, amore mio", disse Jane.

La guardai. Era bella come sempre. Ma qualcosa si era spezzato nel mio cuore. Sapevo che era mia responsabilità, in quanto Alfa, tenerla come

Luna del branco. Per quanto il mio lupo non fosse d'accordo. Non potevo assolutamente avere come compagna una lupa ribelle. Ero grato che Jane non potesse sentire i miei pensieri. Non volevo ferirla. Questo sarebbe stato un dolore tutto mio, qualcosa che avrei dovuto sopportare da solo, in quanto Alfa. Speravo che Jane potesse vivere felicemente con me, senza saperlo.

Avrei sofferto per un po', ma il tempo lo avrebbe attenuato. Avevo tutto il tempo necessario per far funzionare le cose con Jane. La abbracciai. Lei appoggiò la testa sul mio petto. Mi sentivo svuotato. Non riuscivo più a provare nulla per lei. Non dissi nulla, non riuscivo a trovare le parole.

Marcus chiese: "Era del branco a nord?"

Annuii. Parlarne mi faceva male al cuore. Deglutii con forza.

"Non andrò a vedere il branco dei ribelli", dissi loro con autorità.

"Come desideri", rispose Marcus. Sembrava sollevato dalla mia decisione.

"Ho bisogno di qualche giorno. Mi preparerò per andare a vedere il branco di Nunangat, su a nord", aggiunsi.

Gli occhi di Marcus si allargarono.

"Il branco di Nunangat? Ma è molto a nord! Anche andando in aereo, ci vorrebbero circa otto ore! E gli aerei non arrivano nemmeno fino al loro branco. Inoltre, non riuscirai mai a prenotare un volo... Gli aerei partono solo una volta ogni tanto per Nunangat."

"Lo so", risposi, "per questo andrò in auto."

"In auto?" Marcus era stupefatto. "Ma ci vorrà almeno una settimana, e non sono nemmeno sicuro che ci siano strade fino a lassù."

"Per questo mi prenderò qualche giorno per fare le valigie e per passare del tempo con la mia Luna", risposi. Jane sorrise alla mia ultima frase.

Avevo deciso. Andare così a nord. Era quello che mi serviva per non pensare a Leila. Con tutta quella distanza tra noi, sarebbe stato più facile.

Tutti annuirono. Iniziai a preparare il necessario per il viaggio.

Qualche giorno dopo, ero quasi pronto a partire per il branco di Nunangat. Ma ero impaziente. Gli ultimi giorni non erano andati bene. Mi sentivo un disastro! Cercavo di smettere di pensare a Leila, ma non ci riuscivo. Il mio lupo soffriva per non aver visto la sua compagna. Ogni volta che guardavo Jane, la paragonavo a Leila. Ero scontroso e intorpidito. Mi sentivo come se avessi i postumi di una sbornia senza nemmeno aver bevuto. Non riuscivo a marchiare Jane e, peggio ancora, non facevo nemmeno l'amore con lei. Baciarla era diventato difficile e cercavo di evitarlo il più possibile.

Lei sapeva che c'era qualcosa che non andava e mi chiese più volte cosa fosse, ma non potevo dirglielo. Non mangiavo quasi nulla, ma non avevo nemmeno fame. Cercai di convincermi che era per il bene del branco. Il mio lupo desiderava così tanto Leila che era irrequieto. Non gliene poteva importare di meno delle responsabilità come Alfa.

Jane mi distolse dai miei pensieri.

"Will, partirai tra due giorni. Vuoi almeno passare un po' di tempo con me prima di partire?"

Aveva un'aria triste. Sapevo di averla trascurata negli ultimi giorni. Mi ero chiuso in me stesso, avevo alzato un muro e non avevo permesso a nessuno di entrare. Era legittimo che cercassi almeno di passare del tempo con lei prima di partire.

"Sì, mi dispiace Jane. So che ultimamente non sono stato il miglior compagno." Il solo pronunciare la parola *compagno* mi faceva pensare a Leila. Scacciai il dolore in fondo alla mente, cercando di ignorarlo. Jane aveva ragione, presto sarei partito. Dovevo cercare di passare il resto del tempo che mi restava con lei.

"Perché non guardiamo un film, come facevamo quando eravamo più giovani?"

Sorrisi alla proposta di Jane. Adoravo guardare i film con lei. E mentre li guardavamo, mi avvicinavo sempre a lei, un po' alla volta, senza che lei se ne accorgesse. Era la mossa perfetta per flirtare. Nel corso degli anni l'avevo perfezionata a tal punto che alla fine del film potevo praticamente tenerla tra le braccia. Naturalmente, ora che Jane era la mia compagna, non avevo bisogno di nascondermi. Potevo coccolarla fin dall'inizio del film.

"È un'ottima idea!" risposi.

Jane scelse uno dei suoi film preferiti. Era un film romantico sui vampiri. Non mi dispiacevano; di solito c'era anche un po' d'azione. Ci sedemmo sul divano e Jane si accoccolò con me. Seguendo il film, con il corpo di Jane vicino a me, cominciai a rilassarmi e sentii la mia mente liberarsi per la prima volta dopo giorni. Era una bella sensazione, una pausa dalla tempesta che imperversava nella mia anima. Cominciai a sentire l'odore della sua pelle e lasciai che le mie labbra sfiorassero delicatamente il suo collo, baciandola dolcemente. Si girò verso di me e si mise a cavalcioni su di me. Iniziammo a baciarci, le nostre lingue danzavano insieme. Il mio cuore batteva forte mentre le afferravo i fianchi con le mani. Lei iniziò a dondolare i fianchi, completamente vestita. Sentivo i miei pantaloni stringersi. Quanto la desideravo in questo momento! Avevo gli occhi chiusi a causa del nostro bacio, ma potevo vedere chiaramente nella mia mente come i suoi capelli neri e ricci si muovevano a ogni sua oscillazione. Riuscivo a immaginarla senza nemmeno guardarla, la sua bella pelle fulva, i suoi tatuaggi. Ormai ero così eccitato che cominciai a toglierle i vestiti.

"Will, sei così eccitante stasera", commentò ansimando.

In quel momento, quando sentii la voce di Jane, capii che non era Leila. Voglio dire, come avrei potuto confonderle? Erano così diverse l'una dall'altra. Quello che mi colpì davvero è che desideravo baciare Leila... ma non Jane. Chi stavo prendendo in giro?

Mi arrestai di botto e Jane mi fissò.

"C'è qualcosa che non va, Will?"

Cosa avrei dovuto rispondere? Che stavo pensando a un'altra donna? Alla mia vera compagna? E che mi faceva male dentro non poter stare con lei? Sarebbe stata devastata.

"Mi dispiace... non posso", fu tutto ciò che riuscii a far uscire.

Uscii di corsa dalla stanza mentre Jane mi chiamava: "Will, aspetta!"

Era già troppo tardi. Ero già fuori dalla stanza. Mi tolsi rapidamente i vestiti e uscii. Appena uscito dalla casa del branco mi cambiai.

La luna era già alta nel cielo. Le stelle brillavano come diamanti. Avevo bisogno di andarmene da qui. Mi sentivo smarrito e non sapevo più cosa fare. Le mie mura erano distrutte.

Il guscio che avevo costruito intorno a me si era incrinato. Tutto ciò in cui credevo, l'essere l'Alfa, le mie responsabilità, persino il mio stesso cuore, si stava sgretolando. Tutto si stava sgretolando, distrutto da un singolo incontro. Come avrei potuto vivere così? Come avrei voluto che mio padre mi aiutasse a superare questo momento. Avevo tanto bisogno della sua guida. Sicuramente avrebbe avuto dei consigli, la saggezza acquisita in anni di esperienza. Mi sentivo sconvolto e questo mi stava lacerando dentro. Corsi il più velocemente possibile, senza pensare a nulla. Lasciai che il mio lupo mi facesse strada, lasciando a lui il controllo. Non guardai nemmeno dove stavamo andando. Mi fidavo di lui. Mi sentivo libero, dimenticando i miei doveri, il mio dolore. Avevo davvero bisogno di tutto questo.

Dopo un po' sentii un profumo. Non potevo dimenticare questo dolce profumo di gelsomino e agrumi. Era lei! Quanto desideravo vederla. Seguii il suo odore, mentre il mio lupo urlava nella mia testa "compagna." Correvo più veloce che potevo, con la paura di perdere il suo odore, con la paura che se ne andasse se non andavo abbastanza veloce. Lei era la scialuppa di salvataggio che avevo cercato negli ultimi giorni, in una tempesta in cui stavo annegando.

Arrivai presto al limite del territorio del mio branco, a nord, più o meno nello stesso punto in cui l'avevo vista la prima volta. Questa volta, però, non c'era nessuna donna. Vidi questa bellissima lupa nera che mi fissava. I suoi occhi erano dorati. Il suo sguardo era così feroce e appassionato. Mi avvicinai delicatamente, non volevo spaventarla. La sua lupa era completamente nera, tranne una macchia sulla nuca che era dorata, a forma di diamante. Era davvero magnifica!

Vidi i suoi occhi guizzare e capii che la sua lupa voleva incontrare il mio. Il mio lupo era più che felice di incontrarla. Nella mia mente sentivo solo "compagna." E poiché entrambi eravamo già nella nostra forma di lupo, sarebbe stato un gioco da ragazzi farli incontrare. Diedi al mio lupo tutto lo spazio di cui aveva bisogno, tornando indietro con la mente il più possibile. Mi avvicinai a lei e cominciai ad annusarla. Fui immediatamente sopraffatto dal suo seducente profumo di gelsomino e agrumi. Lei annusò anche me e strofinò il muso contro il mio. Il mio lupo era gonfio di orgoglio perché la sua compagna gli strofinava addosso il suo profumo. Tutto il dolore e la tristezza che avevo provato negli ultimi giorni erano spariti. Mi sentivo euforico. Il mio cuore batteva forte. Anche lei sembrava divertirsi. Potevo sentire, attraverso il nostro legame di coppia, che le ero mancato tanto quanto lei era mancata a me.

Mi guardava, mi studiava, quando all'improvviso si mise a correre. Risi, tra me e me e un basso brontolio uscì dal mio petto. Vuoi giocare a nascondino, amica mia? Volentieri, pensai, sorridendo. La seguii attraverso la foresta, lasciandola avanzare un po', poi la raggiunsi. Anche se non la vedevo, potevo seguire il suo odore facilmente. Non stava cercando di nasconderlo; voleva che la seguissi. Sapevo che la sua lupa voleva il mio. Il mio lupo era più che disposto a stare al suo gioco. Avrei fatto qualsiasi cosa per compiacerla in questo momento! Dopo aver corso per un po' nel bosco con lei, decisi finalmente di raggiungerla. Lei era molto veloce e agile, ma io, in quanto Alfa, ero più veloce di lei.

Quando finalmente la raggiunsi, mi misi sopra di lei e le tenni ferma la testa. Il mio lupo parlò attraverso la mia mente, fino alla sua: "Mia." Era possessivo e forte. Senza nemmeno pensarci, i denti del mio lupo cominciarono a crescere di più, preparandosi a marchiarla, a renderla mia per sempre. Il cuore mi martellava nel petto. Lo volevo quanto il mio lupo. Che importava del branco e delle mie responsabilità? Era la mia compagna, avevo bisogno di lei al mio fianco. Il mio branco doveva solo accettarla. Non c'era modo di perderla un'altra volta. Mentre mi preparavo a morderla, sentii la sua voce nella mia testa: "Ti prego, non farlo."

Mi bloccai a quelle parole. La mia mente umana aveva ripreso un po' di controllo sul mio lupo. Cosa stavo facendo? Sì, era la mia compagna. Sì, la volevo al mio fianco. Ma volevo che fosse d'accordo. Non volevo imporglielo. Rilasciai la mia presa su di lei. Mi guardò con i suoi bellissimi occhi a mandorla. Era la lupa più bella che avessi mai visto in tutta la mia vita. Attraverso il nostro legame potevo sentire che era grata che non l'avessi marchiata. Mi chiesi come fosse possibile sentirla attraverso la mia mente, anche se il processo di accoppiamento non era stato completato. È possibile che il nostro legame fosse così forte?

Mi chiesi se non fosse il caso di tornare al mio corpo umano per poter parlare con lei. Ebbi appena il tempo di pensarci, che lei voltò le spalle e cominciò a correre in direzione del suo branco. Mi guardai intorno: non ero nemmeno più nel territorio del mio branco. Cominciai a camminare a ritroso, pensando a quello che era appena successo. Non potevo credere che il mio lupo fosse pronto a marchiarla, a farla nostra, proprio qui, proprio ora. Il suo dolce profumo mi aleggiava ancora nelle narici. Non riuscivo a smettere di pensare a Leila. Era così preziosa, era come un tesoro per me.

Tornai alla casa del branco e alla mia forma umana. Tutti dormivano già, dato che era notte inoltrata. Entrai nella mia stanza senza fare rumore. Jane stava dormendo. Capivo che aveva pianto e mi sentii subito in colpa. Sapevo che mi amava e che voleva dei cuccioli. Ero stato io a trascinarla in questa situazione. Ero stato io a chiederle di essere la mia Luna. Aveva accettato tutte le responsabilità che ne derivavano, lo aveva fatto per me. Sarei stato in grado di darle ciò di cui aveva bisogno? Avrei dovuto arrendermi? Mi sentivo stanco e confuso per tutto quello che era successo. Facendo attenzione a non svegliarla, mi sdraiai al suo fianco e le misi un braccio sui fianchi. Provai a concentrarmi solo su

Jane, cercando di ricordare i motivi per cui l'amavo, mentre lentamente mi addormentavo.

Capitolo 5 (Eurynomos)

Il varco

Ci stava volendo più tempo di quanto avessi previsto. Stavo diventando piuttosto impaziente! Quei pazzi incompetenti non potevano lavorare più velocemente? Guardai un gruppo di maghi goblin che stavano lentamente distruggendo l'incantesimo che sigillava il portale. Indossavano una lunga tunica marrone-verdastra con un cappuccio. Sembrava che la tunica fosse stata cucita con più pezzi di tessuto e che il colore non corrispondesse esattamente. Nel cappuccio della tunica erano stati praticati dei fori per far passare le orecchie. I loro occhi rossi sembravano brillare grazie al riflesso della lava che scorreva. Contrastavano con la loro pelle giallo-grigiastra.

Stavano lanciando un incantesimo nella loro lingua madre. Non riuscivo a capire quello che dicevano, ma non me ne importava nulla. Sapevano che avrebbero affrontato la mia ira se avessero fallito. Sapevano che sarebbe stato meglio che affrontare l'ira del sovrano degli Inferi.

All'improvviso, dal portale si udì un forte rumore come se qualcosa si spezzasse, seguito da un profondo boato. La lava, che prima sembrava scorrere uniformemente sulla sua superficie, ora formava palle e grumi ed era irregolare. Uno dei maghi goblin venne verso di me. Non era molto alto e portava un bastone di legno con l'artiglio affilato di chissà quale enorme creatura. Sulle spalle portava un lungo mantello e aveva un paio di scarpe di pelle di animale. Si inchinò davanti a me e sorrise, mostrando i suoi denti affilati e adunchi. Parlava con una voce acuta e gutturale, in un inglese stentato.

"Maestro, si è aperto."

"Cosa si è aperto?"

"Un varco."

Risi così forte che il suono della mia risata risuonò contro le pareti rocciose. Ogni creatura del Tartarus smise di fare quello che stava facendo e tremò per il terrore. Fanno bene a temermi, perché presto regnerò sia sui morti che sui vivi.

Mi voltai verso il mago goblin di fronte a me. Aveva un'espressione incerta, teneva le mani unite e le lunghe unghie affilate scavavano nella sua pelle.

"Perfetto!"

Il goblin sembrò rilassarsi un po'.

"Dite agli altri di iniziare a lanciare l'incantesimo dei portali di uscita. Abbiamo bisogno di tutte le uscite possibili per far passare il mio esercito nel mondo dei vivi."

"Ma... ma maestro. Dobbiamo... dobbiamo smettere di lavorare al portale", balbettò abbassando lo sguardo..

"Tu continuerai a lavorare al portale mentre gli altri lavoreranno alle uscite", ringhiai.

"Sì... sì, subito", mugolò.

Risi al pensiero che avrei potuto facilmente schiacciarli tutti con la mia forza. L'idea era allettante, ma mi erano ancora utili. Forse, una volta terminato il loro compito, avrei scelto qualche goblin da uccidere per diletto. Quello sì che sarebbe stato divertente.

Ora che il portale era stato aperto, il mio esercito poteva iniziare a dirigersi verso il mondo mortale. Io ero ancora legato al mondo sotterraneo, mentre il sigillo non era completamente rotto. Ma almeno potevamo attivare dei portali di uscita secondari. Non consentivano il passaggio di molte persone alla volta, ma non sarebbe passato molto tempo prima *che avessimo aperto il portale principale. A quel punto, nessuno mi avrebbe più fermato!*

La parte migliore era che, creando più uscite, sarei stato in grado di iniziare a invadere il mondo in più punti allo stesso tempo. Era perfetto! Eppure, c'era solo un'entrata nel mondo sotterraneo. Avrei fatto in modo che fosse molto sorvegliata... solo uno sciocco avrebbe cercato di entrare.

Quando il sigillo del portale principale sarà rotto, potrò viaggiare io stesso nel mondo dei vivi. Con tutta l'energia vivente che prosciugo dalle creature mortali, divento sempre più forte ogni minuto che passa. Hai sentito? Miserabile sgualdrina! Non mi fermerai mai! Non riuscii a trattenermi dal ridere, perché sapevo benissimo che la ragazza poteva sentire tutto quello che le dicevo. Mi piaceva tormentarla. Non si libererà mai di me. Nessuno avrebbe potuto liberarla. Io stesso mi rallegravo. Non solo le cose stavano andando alla grande, ma sapevo anche che la ragazza stava annegando nella disperazione a causa del mio successo.

************ POV: Arius ************

Ero seduto alla mia scrivania e controllavo alcuni documenti. Avevamo qualche migliaio di guerrieri che si sarebbero uniti alla nostra causa contro Eurynomos, qualora fosse riuscito nel suo piano. Mai licantropi e vampiri erano stati così uniti. Persino gli umani si stavano unendo alla nostra causa. Ora che mio fratello era succeduto a nostro padre come Signore dei vampiri, non avevano più paura di noi. Gli umani cominciavano a essere accettati dai vampiri ovunque. Avevano il permesso di svolgere lavori migliori rispetto a quando mio padre era il sovrano. E pensare che lui permetteva loro solo di essere schiavi. Ero felice che gli umani fossero ora liberi nelle nostre terre. Anche se questo non mi avrebbe mai restituito la mia compagna. Ancora oggi, nei miei incubi, rivedevo tutto quello che le aveva fatto. Riesco ancora a sentire il dolore per la rottura del nostro legame di coppia. Tutto questo perché era un'umana, invece che un vampiro. Non sono nemmeno riuscito a salvarla. Ero così arrabbiato con me stesso per non essere stato in grado di farlo! Se solo potessi tornare indietro nel tempo e stringerla tra le mie braccia ancora una volta! Sospirai. Dovevo tornare a concentrarmi sulla guerra per allontanare quei pensieri. Era il passato. Non potevo fare nulla per cambiarlo. Non dovevo continuare a colpevolizzarmi. Avevo fatto tutto quello che potevo. Lei non avrebbe voluto che mi facessi del male.

Feci la stessa cosa che facevo sempre per smettere di pensare a lei. Mi concentrai di nuovo sull'esercito che stavamo radunando, tenendomi occupato. Volevo gioire al pensiero che tutti si stessero unendo contro il demone. Tuttavia, era triste che fosse necessaria una grave minaccia per far sì che tutti lasciassero da parte i pregiudizi e si unissero. Speravo solo che, una volta eliminato il demone, le persone avrebbero continuato ad accettarsi a vicenda. Mio fratello era un Signore dei vampiri gentile. Voleva la pace tra le nostre specie. Soprattutto perché Kate era un licantropo. Questa era la migliore occasione di pace che avessimo avuto da secoli!

Sussultai quando qualcuno bussò alla porta. Un servo vampiro mi stava aspettando.

"Mio Principe, Lady Bianca desidera vedervi. È con Elwin, nel suo laboratorio."

Annuii.

"Ti ringrazio. Andrò subito da loro."

Il servitore si inchinò e se ne andò.

Sorrisi. Mi piaceva il fatto che ora al castello ci fossero servitori invece che schiavi. Era una delle prime regole che Damien aveva stabilito quando era diventato sovrano. Gli schiavi ora erano liberi. Potevano rimanere a lavorare al castello, se lo desideravano, o andare a cercare qualcos'altro da fare. Una parte di loro decise di restare. Nel castello era stato allestito un alloggio per la servitù, con stanze e letti adeguati. Ora avevano accesso a docce e vestiti puliti, erano nutriti adeguatamente e venivano pagati per i loro servizi. Tutte cose che mio padre aveva negato loro. Inoltre, non avevano più paura e non rischiavano di morire dissanguati. Vennero proposte offerte di lavoro per coprire i posti vacanti. Alcuni vampiri decisero di candidarsi, perché la paga era buona.

Le cose stavano cambiando in meglio. Questo mi scaldava il cuore. Era bello sentirsi così. Non molto tempo prima, era pieno solo di tristezza, rabbia e rimpianto. Mi presi un minuto per controllare che la mia camicia nera fosse abbottonata correttamente, proprio come piaceva a me, e che scivolasse sui miei jeans. Non ero in missione reale o altro. Non avevo bisogno di essere formale.

Il laboratorio di Elwin non era molto lontano. Bussai alla porta.

"Avanti", disse Elwin. La sua voce sembrava provenire dall'interno del suo laboratorio.

Entrai e vidi che era in fondo alla stanza, intento a fissare un grosso libro su un leggio. Bianca era con lui e teneva in mano un altro libro, più piccolo. Mi diressi verso di loro.

"Ciao! Volevi vedermi?" chiesi.

Il viso di Bianca si illuminò quando mi vide. Siamo diventati amici facilmente. In qualche modo, è come se la conoscessi da secoli, anche se ci siamo incontrati solo due anni fa, quando mio fratello ha trovato la sua compagna.

"Arius! Sono così felice di vederti!" rispose con gioia.

"Mio Principe", Elwin si inchinò leggermente.

Bianca non era una persona che amava le formalità. Diede frettolosamente il libro che aveva in mano a Elwin e venne ad abbracciarmi. Mi venne da ridere guardando la faccia sorpresa di Elwin. Questo tipo di amicizia calorosa era esattamente ciò di cui avevo bisogno e fui felice di ricambiare l'abbraccio.

Interrompemmo l'abbraccio quando sentimmo Elwin schiarirsi la gola.

"Elwin, amico mio, puoi rilassarti."

Non potevo biasimarlo per la sua formalità. Era stato abituato a secoli di servizio molto severo sotto le regole di mio padre e di mio nonno. Mi chiedevo se alla fine si sarebbe adattato a questo nuovo tipo di gestione, o se sarebbe rimasto così per sempre. Si possono insegnare a un vecchio vampiro nuovi trucchi?

Bianca riprese il libro dalle mani di Elwin e me lo mostrò. Era un libro sui vampiri che descriveva i dintorni e le terre del castello. Il libro era aperto su una pagina che conteneva una mappa. Questa mappa aveva pochi dettagli. Era una mappa di alto livello.

Nell'altra mano teneva un'altra mappa. Questa aveva molti dettagli e sembrava disegnata a mano.

"Arius! Ho bisogno del tuo aiuto", esordì con impazienza.

"Per cosa?" risposi.

"Vedi le terre a Nord? Ho bisogno che tu vada nelle terre degli elfi della Luna."

Guardai il luogo che stava indicando sulla mappa. Si trovava sulla costa nord di Montréal. Ad essere sincero, non mi ero mai avventurato da quelle parti. Non ne avevo mai avuto bisogno. E così, non avevo mai incontrato nemmeno gli elfi della Luna. Mi chiedevo se avrebbero accolto un vampiro nelle loro terre.

"Cosa vuoi che faccia?"

Ero piuttosto curioso di saperlo. Speravo solo che non comprendesse di uccidere qualcuno.

"Vedi laggiù?" Indicò una montagna nelle terre degli elfi della Luna. "Quello è Y'vagroth. È la montagna più alta conosciuta in queste terre. E si dice che contenga un santuario delle ninfe Naiadi."

La ninfa Naiade... avevo già sentito questo nome... ma per qualche motivo non riuscivo a ricordarlo. Elwin vide la mia testa inclinata mentre riflettevo e rispose senza che io glielo chiedessi.

"Le Naiadi sono le ninfe dell'acqua. Dimorano nelle sorgenti, nei fiumi, nei pozzi. Qualsiasi specchio d'acqua che ritengono degno della loro presenza."

Ecco dove ho sentito questo nome. Deve essere stato durante le lezioni di mitologia antica. Non era una delle mie materie forti, ed era passato più di un secolo.

"Grazie per il promemoria, Elwin", risposi strofinandomi la nuca. "Perché hai bisogno che ci vada?" chiesi a Bianca.

Lei sorrise.

"Credo che laggiù potresti trovare l'Angelus Hyssopus."

"Il... cosa?"

Bianca ridacchiò.

"L'Angelus Hyssopus. È un fiore molto raro."

Bianca indicò poi il grande libro sul leggio. All'interno del libro c'era il disegno di un fiore. Sembrava bello e puro.

"Questo è l'Angelus Hyssopus", iniziò Elwin. "Crediamo che possa avere proprietà magiche che potrebbero curare il padre di Bianca."

I miei occhi si spalancarono e il mio cuore accelerò i suoi battiti.

"Oh, che bella notizia!" esclamai.

"Allora, andrai lì a recuperarlo?", chiese Bianca.

Giusto, pensai tra me e me. Dovevamo prima recuperare il fiore. Per un attimo dimenticai quella parte e pensai che l'avessimo già preso. Sorrisi.

"Certo che lo farò!"

Bianca saltò battendo le mani. Mi piaceva la sua frizzante personalità.

"Devo avvertirvi, mio principe." Guardai Elwin. "L'Angelus Hyssopus è molto raro. Per crescere, ha bisogno della bassa pressione dell'alta quota e dell'abbondanza d'acqua. Per questo crediamo che il santuario delle Ninfe Naiadi sia un buon posto per cercarlo."

Mi sfregai il mento mentre pensavo. Aveva senso. Questo significava che avrei dovuto scalare una montagna. Non avrebbe dovuto essere un problema. Probabilmente avrei anche potuto volare fino alla cima, se non fossi stato troppo stanco per la strada percorsa. Significava anche che avrei trovato le ninfe Naiadi, il che sarebbe stato interessante.

"Va bene, lo farò", risposi.

"Ecco." Elwin mi porse un pezzo di stoffa e una borsa.

"Che cosa sono?" chiesi.

"Quando taglierai il fiore, dovrai avvolgerlo immediatamente in quel panno, metterlo nella borsa e tornare il più velocemente possibile", esortò.

"Perché?"

"Perché se non lo farai, il fiore appassirà troppo in fretta e perderà le sue proprietà magiche."

"Sarebbe uno spreco di energia", dissi.

"Infatti", concordò Elwin.

"Va bene, lo farò. So quanto sia importante trovare una cura per tuo padre, Bianca."

Lei si premette le mani sul cuore.

"Grazie mille!", rispose.

Mi piaceva aiutare le persone. Era una delle cose che mi faceva stare sempre bene. Sentivo che in qualche modo, aiutando le persone, potevo compensare il fatto di non aver potuto proteggere Mylandra.

"Non preoccuparti", risposi. "Mi preparo e parto."

Entrambi annuirono. Lasciai il laboratorio di Elwin e mi diressi verso la mia stanza per prepararmi.

Mi assicurai di consumare un pasto adeguato prima di partire e assaporai un bicchiere del mio vino di sangue preferito. Partii di prima mattina. Dal castello volai verso nord-ovest. Passai sopra la Valle di Nysa, dove due anni prima si era combattuta una guerra. Tutti avevano mantenuto la promessa e aiutato le ninfe dei boschi a riparare le loro case. Dal cielo, sembrava che la valle fosse tornata completamente verde. Su entrambi i lati erano rimaste le maestose montagne, i cui fiumi scorrevano ancora fino ai boschi alla loro base. Non c'era più traccia della battaglia di due anni prima. Era davvero uno spettacolo da ammirare.

Proseguii il mio viaggio, un po' più a ovest che a nord. Dopo un po' passai sopra Montréal. Cercavo di volare nel cielo ad alta quota, non volendo attirare attenzioni indesiderate. Era una grande città e preferivo molto di più le piccole città e la foresta. Infine, attraversai il fiume San Lorenzo. Un po' più a nord si trovavano le terre degli elfi della Luna.

Avevo volato per un bel po' e decisi che sarebbe stato meglio atterrare. Scesi in una piccola foresta nelle terre degli elfi della Luna. La pelle d'oca mi scivolava lungo la nuca mentre osservavo con stupore la bellezza di quel luogo. Il suolo era ricoperto di foglie di alberi morti, che ricoprivano il sentiero di arancione, rosso, giallo e marrone. Nell'aria aleggiava il profumo delle foglie in decomposizione, che conferiva un odore terroso. Sugli alberi erano rimaste foglie gialle e arancioni, che mettevano in mostra i loro colori per l'ultima volta, in attesa che il tocco morbido di una brezza le facesse cadere a terra. I raggi del sole che attraversavano gli alberi sembravano avere un colore giallastro, facendoli sembrare ancora più luminosi. Ad ogni soffio di vento, le foglie volavano intorno a me. Mi sembrava di essere all'interno di una palla di neve, che qualcuno aveva appena scosso. Ero rapito da questo spettacolo colorato di meraviglie e mi chiedevo se queste terre fossero magiche. Forse erano impregnate della magia degli elfi che vivevano qui?

Iniziai a camminare nel bosco. Mi resi subito conto che avevo speso molte energie per volare fin qui. Dovevo ancora andare fino a Y'vagroth e salire sulla montagna. E quando, o se, avessi trovato il fiore, avrei dovuto tornare indietro il prima possibile per non farlo appassire. Forse sarebbe stato più prudente nutrirsi prima di proseguire. Questi boschi erano sicuramente abitati da molte creature. Dovevo cercare un cervo. Un animale di quelle dimensioni poteva fornire abbastanza sangue per saziarmi a lungo.

Lasciai che il mio istinto si impadronisse di me. Improvvisamente, ogni suono divenne più nitido. Sentii il rumore delle ali degli uccelli che sbattevano nell'aria. Vidi gli scoiattoli litigare su un albero per una ghianda. Mi nascosi il più possibile, celando il mio odore e camminando in silenzio, in modo che gli animali non potessero individuarmi. Da lontano, sentii il fruscio delle foglie schiacciate dagli zoccoli dei cervi. Girai la testa e riuscii subito a vedere un giovane cervo adulto che camminava lentamente, a pochi metri di distanza. La bestia non si era accorta della mia presenza. Era una bellezza, ma avevo bisogno di nutrirmi. Era la battaglia costante della vita, e nessuno poteva sfuggirvi.

Iniziai a pedinare il cervo, avvicinandomi con cautela. Nonostante fosse giorno, ero abbastanza bravo a nascondere la mia presenza. La caccia era una delle mie attività predilette. Ma preferivo essere prudente. Non volevo che scappasse. Ero abbastanza veloce per catturare un cervo in corsa, ma sarebbe stato più facile se non avessi dovuto correre. Mi concentrai esclusivamente sulla bestia, scacciando tutti gli altri suoni per evitare distrazioni. Man mano che mi avvicinavo, l'odore del cervo diventava più forte, rendendomi più affamato. Le mie zanne cominciarono a crescere. Aspettai pazientemente fino a quando non fui vicino a lui, arrivando da dietro.

Il cervo trasalì quando gli saltai addosso, perforando la sua pelle con le mie unghie affilate. Si sollevò, cercando di scrollarmi di dosso, ma io lo tenevo saldamente. Non ho aspettato oltre, non volevo che la bestia soffrisse. Sentendo il sangue pulsare nelle sue vene, affondai immediatamente i denti nel suo collo, trovando naturalmente le vene. Non ci volle molto perché il cervo smettesse di muoversi e cadesse a terra. Fui sommerso dal sapore dolce del sangue della bestia. Non aveva il sapore metallico che gli umani spesso usano per descrivere il sangue. Immagino fosse dovuto al fatto che il sangue era il nostro nutrimento principale. Il modo migliore per descrivere il suo sapore sarebbe di paragonarlo a quello di una bistecca cotta a metà. Ma ovviamente, nessuna parola poteva giustificare totalmente quanto fosse buono nutrirsi di carne fresca.

Avevo quasi finito di mangiare, pulendomi il sangue che mi colava dal mento, quando sentii uno scricchiolio nelle vicinanze. Nel bisogno di nutrirmi, avevo abbassato la guardia. Sentivo che ero io a essere pedinato. Ritrassi le unghie dal cervo che ancora tenevo tra le mani e mi rialzai, scrutando il bosco per trovare la fonte del suono. All'improvviso, un ramo si spezzò dietro di me. Qualunque cosa fosse, era veloce. Mi voltai per scorgere un'ombra che correva. Non ebbi nemmeno il tempo di voltarmi di nuovo che sentii qualcosa di appuntito sulla schiena.

"Non muovetevi", ordinò una voce femminile.

Volevo voltarmi e attaccare. Sapevo che probabilmente avrei potuto sconfiggerla in qualsiasi momento. Voglio dire, ero un principe vampiro. Potevo semplicemente inviare un'onda d'urto del mio potere attraverso il terreno e destabilizzarla. Oppure usare il mio incantesimo ipnotico sulla sua mente. Avevo molte scelte. Eppure, qualcosa mi impediva di farlo.

La sua voce suonava come una melodia nei miei cuori. Profumava di fiori di lillà. La mia mente correva. Non riuscivo a capire cosa mi stesse succedendo. Che cos'era quella sensazione? Come poteva essere possibile? Non aveva senso! Si può avere una sola compagna nella vita... E Mylandra è morta anni fa, per mano di mio padre. Che razza di stregoneria era questa?

"Ehi! Mi state ascoltando?", disse la voce femminile dietro di me. Dal tono si capiva che era infastidita.

"Eh, scusate, non stavo prestando attenzione", risposi scusandomi.

"Beh, è meglio che ascoltiate quando la vostra vita è in gioco. Ora giratevi lentamente, come vi ho chiesto!"

Ridacchiai tra me e me, senza darlo a vedere per non offenderla. Se solo conoscesse l'entità del mio potere, saprebbe che la mia vita non era in pericolo.

Alzai le braccia e feci come mi aveva chiesto, girandomi lentamente fino a trovarmi di fronte a lei.

Dovetti trattenermi dall'ansimare tanto era bella. Era un elfo. Questo è certo, non ci si può sbagliare con quel tipo di orecchie. E poiché mi trovavo nel territorio degli elfi della Luna, significava che anche lei era un elfo della Luna. La sua pelle era bianca, ma comunque in misura minore rispetto alla mia, con una leggera sfumatura blu. Aveva profondi e penetranti occhi blu e lunghi capelli biondi leggermente ondulati. Mi vedevo facilmente perso nei suoi occhi.

Mentre mi studiava, mi chiedevo se stesse provando la stessa cosa che provavo io. Ero ancora così confuso su come fosse possibile. Forse il destino aveva deciso che quello che era successo a me e a Mylandra era stato troppo crudele e mi era stata data una seconda possibilità di amare? Forse non era un amore predestinato? Ma solo un amore a prima vista? L'unico modo per sapere se si trattava di un amore predestinato sarebbe stato quello di comunicare attraverso le nostre menti. Ma perché questo avvenisse, dovevamo avvicinarci. Solo allora avrei capito se il nostro legame era lo stesso di quello dei compagni predestinati. E al momento non sembrava che questo potesse accadere.

"Chi siete? Cosa ci fate nelle nostre terre?"

Abbassai le braccia per rispondere, ma lei mi puntò subito contro le sue due corte spade. La donna sapeva gestire una doppia impugnatura. Questo richiedeva molta agilità e coordinazione! Non sono molte le persone in grado di impugnare due armi. Riportai le braccia in alto. Non volevo che pensasse che stavo per attaccarla.

"Non intendevo minacciarla, mia signora. Volevo solo presentarmi."

Abbassò le spade.

"Provate a fare qualcosa di strano e ve ne pentirete."

Le feci un cenno di assenso e poi abbassai le braccia.

"Il mio nome è Arius. Sono un principe vampiro, al vostro servizio", le dissi con un leggero inchino.

"Un vampiro? Che diavolo ci fa un vampiro nel territorio della mia gente?", chiese spaventata.

"Vi prego, non intendo farvi del male. Sto cercando un fiore molto raro. Vedete, un mio amico è molto malato e ho sentito dire che questo fiore potrebbe essere la sua unica speranza di guarigione."

Socchiuse gli occhi, mentre recepiva ciò che avevo appena detto. Sapevo che mi stava studiando, valutando se poteva fidarsi o meno di me.

"Che fiore state cercando?"

Mi bloccai per un attimo. Non ricordavo bene il nome del fiore. Insomma, ne conoscevo l'aspetto. Ero bravo a ricordare i volti o l'aspetto delle cose. Ma ero un disastro a ricordare i nomi. Dovevo ripetere i nomi delle persone più volte prima di ricordarli.

"Mhmm, credo che si chiami Angely... Angelo... no, non è quello. Angelus? Oh sì, suona bene. Comunque, non sono sicuro di quale fosse il nome del fiore, ma ricordo che devo andare in cima a quella montagna laggiù." Indicai la montagna dietro di lei.

"Fino a Y'vagroth?" chiese incredula.

"Sì, devo trovare il santuario delle Naiadi. Si ritiene che il fiore cresca laggiù."

La donna sembrò riflettere un po'.

"È problematico."

"Perché?"

"Significa che dovrete attraversare buona parte del territorio del mio popolo e scalare la nostra montagna sacra."

Sentivo che sembrava combattuta.

"Vi prego. Ho bisogno di un solo fiore per guarire il mio amico. Dopo me ne andrò per la mia strada."

Naturalmente avrei preferito rimanere. Ora che l'avevo incontrata, mi sarebbe piaciuto conoscerla meglio. Ma non potevo dirle questo.

"Non posso lasciarvi andare lì da solo. Nessuno può salire sulla montagna sacra, tranne il nostro popolo."

Mi sentivo triste per la sua risposta decisa. Tuttavia, non potevo assolutamente deludere Bianca, Kate e Will. Avrei preso quel fiore, con o senza il permesso degli elfi della Luna. Non sapevo come avrei potuto allontanarmi da lei senza farle

116

del male e andare comunque alla montagna. Sarebbe stato difficile.

La sua voce mi distolse dai miei pensieri.

“Ma... La vostra causa è nobile. Sarei lieto di fare il viaggio con voi, assicurandomi che prendiate solo il vostro fiore e ve ne andiate. Questa è l'unica offerta che riceverete. Accettate o lasciate subito le nostre terre.”

Mi rallegrai. Questa era un'opzione decisamente migliore! Significava anche che potevo passare del tempo con lei! Insomma, sapevo che non ero qui per trovarmi una fidanzata, ma non mi sentivo così da secoli. Anche se non mostrava alcun segno di attrazione nei miei confronti, non potevo lasciarmi sfuggire questa occasione.

“Sarebbe fantastico!” risposi, sorridendo.

Anche lei sorrise per la prima volta al mio commento. La bellezza del suo sorriso mi lasciò senza fiato.

"Perfetto, allora affare fatto!”

Finalmente abbassò le armi e mi fece segno di seguirla.

"Posso sapere il tuo nome? Saprò come chiamarti.”

"Mi chiamo Elashor. Sono un guardiano degli elfi della Luna.”

Ripetei il suo nome nella mia mente. Elashor, che bel nome. Avrei fatto in modo di non dimenticarlo, ripetendolo quanto necessario. Era già qualche passo avanti a me quando si voltò.

"Vieni? Nessuno deve vederci. Gli estranei normalmente richiedono un permesso formale per entrare nel nostro territorio. E la regina non permetterebbe mai a un estraneo di andare a Y'vagroth."

Annuii e la seguii, comprendendo che stava infrangendo le regole per me.

Capitolo 6 (Leila)

Un fetore nauseante

Mi svegliai presto e indossai un paio di jeans con una semplice camicia. Era il mio turno di pattugliare le terre del branco. Era una delle cose che preferivo fare. Mi piaceva correre nella foresta, vedere gli animali, le piante, sentire la forza magica della natura al suo massimo. Come sempre, Skye veniva con me. Questo si trasformava sempre in confessioni tra donne mentre camminavamo. Mi piaceva poter trascorrere questo tempo con la mia amica del cuore.

Quando scesi, mia nonna era già in piedi e stava svolgendo le sue mansioni di capoclan. L'abbracciai e uscii per incontrare Skye davanti a casa sua. Lei era già lì ad aspettarmi. Sapevo che avrebbe preferito non fare queste ronde. A Skye non piaceva camminare molto. Credo che preferisse stare sempre seduta a bere caffè. Ma ogni membro del branco doveva dare una mano. Questo era uno dei lavori più facili, quindi non si lamentava troppo.

"Ciao Leila!"

Skye mi stava già venendo incontro con un grande sorriso stampato in faccia.

"Skye!"

Ci siamo strette in un abbraccio. Poteva avere qualche difetto, come tutti, ma io amavo così tanto la mia migliore amica!

"Sei pronta?"

Alla mia domanda mise il broncio.

"È proprio necessario?"

Ridacchiai alla sua risposta.

"Lo sai che lo dobbiamo fare."

Le feci l'occhiolino, poi le feci cenno di avviarsi. Anche lei ridacchiò seguendomi.

"Sì, lo so, hai ragione."

Ci avviammo chiacchierando allegramente.

"Hai saputo di Marc?"

"No, cosa?"

"Si è lasciato con Sylvia."

"Non è possibile! Come mai?"

"C'è chi dice che l'abbia tradita!!!"

"Non è possibile!!! Non lo farebbe mai!"

Skye conosceva sempre tutti i pettegolezzi del branco e anche di alcune città umane vicine. Non sapevo come riuscisse a essere sempre al corrente di tutto ciò che accadeva ovunque. Io, con tutti i compiti che dovevo svolgere, non avevo il tempo di parlare con tutti.

Skye mi consentiva di tenermi aggiornata su ogni cosa più velocemente. Era il mio piccolo concentrato di social media.

Ci avventurammo a ovest del territorio del branco mentre lei blaterava dei pettegolezzi su Marc. Era un bravo ragazzo, ed ero sicura che la maggior parte di questi pettegolezzi fossero grossolanamente esagerati, ma Skye amava drammatizzare. Sentii un odore sgradevole, che non avevo mai sentito prima. Era lieve e Skye non poteva sentirlo, dato che non aveva una lupa al suo interno. Ma la mia lupa lo sentiva benissimo. Smisi di camminare.

"Cosa? Cosa c'è?"

Skye era abituata a questo. Sapeva che se mi fermavo all'improvviso era sicuramente perché c'era qualcosa che non andava. Cercavo di capire da dove provenisse l'odore. Era una ventosa mattinata autunnale, ma riuscii a capirlo facilmente nonostante il vento.

"Là." Indicai gli alberi di conifere di fronte a noi. Lei annuì.

Iniziammo ad avventurarci con cautela. Man mano che avanzavamo, iniziammo a vedere animali morti che giacevano a terra. Sembravano essere stati uccisi da poco tempo, ma non sembravano avere ferite. Li aveva uccisi la fonte di questo fetore malvagio?

Più avanzavamo, più il fetore era forte. Tutti i fiori e le erbe della foresta erano appassiti e anneriti. Gli alberi erano secchi e i rami erano caduti a terra, disseminando il sentiero di detriti.

"Che diavolo è successo qui?" domandò Skye.

Scrollai le spalle.

"Non lo so, ma ho la sensazione che ci stiamo avvicinando", le sussurrai di rimando.

Arrivammo presto a una misteriosa grotta. La cosa più strana è che ero certa che questa grotta non ci fosse mai stata prima. Conoscevo così bene il nostro territorio, per averlo pattugliato molte volte. Questo non aveva senso! Le caverne non appaiono dal nulla!

Ma qualsiasi cosa stesse uccidendo gli animali, proveniva da questa grotta. L'odore era così forte che io e Skye dovemmo tapparci il naso.

Volevo controllare all'interno. La puzza era così forte che stavo per vomitare. Skye mi mise una mano sulla spalla.

"Leila, se quegli animali sono stati uccisi da questo odore, o da qualsiasi creatura che lo emette, non dovremmo avventurarci lì dentro."

Aveva ragione. La cosa migliore da fare era avvisare mia nonna. Eravamo un branco. In questo caso dovevamo decidere insieme cosa fare.

"Sì, hai ragione, Skye. Torniamo al branco."

Tornammo indietro e cominciammo a correre insieme, tenendoci per mano, come quando eravamo piccole. Da giovane, Skye era goffa e tendeva a inciampare nelle radici degli alberi che spuntavano dal terreno. Avevo preso l'abitudine di tenerle la mano quando correvamo per evitare che cadesse e si facesse male. Avevo iniziato a farlo quando eravamo piccole e non ho mai smesso di farlo, anche se ora era molto meno maldestra di quando era bambina.

Corremmo il più velocemente possibile per quanto Skye riuscisse, rimanendo unite. In men che non si dica arrivammo a casa del branco.

"Ravynne!" urlò Skye quando entrammo in casa.

Mia nonna stava bevendo il suo tè. Ci guardò con uno sguardo preoccupato.

"Cosa c'è?"

"Abbiamo trovato una grotta sul territorio. So che sembra assurdo, ma questa grotta ieri non c'era. E da essa proveniva un fetore insopportabile. Tutto intorno, animali e piante erano morti", risposi.

Mia nonna rimase a bocca aperta e lasciò cadere la tazza che teneva in mano. La tazza si frantumò, spargendo il suo contenuto sul pavimento. Ma a mia nonna non sembrò importare, perché si portò la mano alla bocca.

"Oh, cara Dea della Luna, abbi pietà di noi!"

Io e Skye fissammo mia nonna, non sapendo bene cosa pensare della sua reazione. Sicuramente sapeva qualcosa che noi non sapevamo.

"Cosa c'è?" le chiesi, mentre Skye e io raccoglievamo i cocci e pulivamo il pavimento. Lei guardò vagamente il tè versato e poi noi.

"Oh Skye! Oh Leila, tesoro mio. Questo è un brutto guaio, è un vero guaio! I nostri antenati avevano previsto questo giorno! Abbiamo bisogno di aiuto! Non possiamo farcela da sole."

"A fare cosa?" domandò Skye.

Mia nonna si prese qualche secondo per raccogliere i pensieri.

"Il demone sta arrivando."

Io e Skye ci scambiammo uno sguardo incredulo.

"Il... demone?" chiesi.

Mia nonna annuì.

"Non ricordi le origini del nostro branco?"

Ripensai alle storie raccontate sul nostro branco. Non ricordavo nulla di un demone. Mentre ci pensavo, mi resi conto che lei non parlava quasi mai delle origini del branco. Guardai Skye, ma lei scosse la testa, a significare che nemmeno lei ricordava nulla al riguardo.

Mi schiarii la gola.

"Nonna, mi dispiace. Ti ascolto quando fai lezione, ma non ricordo che tu abbia parlato delle origini del branco o di un demone."

Fece un respiro profondo.

"Oh, mia cara, hai ragione. Non mi piace molto parlarne e solo i membri più anziani del branco se ne ricordano."

Si alzò dalla sedia e iniziò a riempire una borsa.

"Credo sia giunto il momento di raccontarla. Ma è una storia lunga. E temo che ora ci manchi il tempo. L'unica cosa che dirò è che gli antenati del nostro branco avevano il compito di tenere un antico demone sigillato negli inferi."

Io e Skye sussultammo a questa informazione.

"Quindi... quando hai detto che il demone sta arrivando... intendevi questo?" chiesi.

Mia nonna annuì.

"Sì, e non saremo in grado di affrontarlo da sole. Abbiamo bisogno di aiuto."

Si diresse verso la porta e ci fece cenno di seguirla.

"Dove stiamo andando?" chiese Skye.

"Stiamo andando dal branco più vicino. Abbiamo bisogno di aiuto contro questo demone."

A quelle parole mi bloccai e mi si strinse il cuore. Il branco più vicino. Era lì che viveva. La mia lupa desiderava tornare lì da ieri sera, quando l'ho visto. Mi ha quasi marchiato. Per quanto la mia lupa lo desiderasse, non avrei permesso a uno stronzo che aveva già una compagna di marchiarmi. Non potevo negare il legame con la compagna. Ero persino in grado di parlargli attraverso la sua mente. Anche se non ci siamo nemmeno baciati. I nostri lupi si sono incontrati ed erano entrambi entusiasti. Negli ultimi giorni ho dormito a malapena per quanto ho pensato a lui. Andare lì sarebbe probabilmente dannoso. Il suo odore sarà sicuramente molto più forte. So che mi sarà difficile trattenermi dal cercarlo. Cercherò di concentrarmi sul lavoro da svolgere e di ignorarlo il più possibile.

Iniziammo a camminare in direzione del territorio dell'altro branco, verso sud-est. Questo sentiero ormai lo conoscevo quasi a memoria. Ci ero tornata così tante volte. Non potevo farne a meno, il richiamo era troppo forte. Per l'amor del cielo! Avevo ancora quel pezzo di jeans con il suo profumo nella borsa. Quanto potevo essere patetica? Odiavo questo legame. Se solo mi avesse rifiutato, avremmo già potuto superare questa situazione.

"Stai bene?", chiese Skye. Annuii.

"Sì, me la caverò."

"Lui vive lì, vero?"

Deglutii un groppo in gola. "Sì", sussurrai con voce rotta.

Skye mi mise un braccio intorno alle spalle, confortandomi.

"Va tutto bene, saremo con te."

Mi sentii un po' meglio sapendo che non ero sola.

Eravamo nel territorio del loro branco solo da pochi minuti, quando un uomo si avvicinò a noi. Aveva l'aria di essere anziano. Indossava una camicia a quadri di flanella con un paio di jeans larghi.

"Cosa state facendo nel territorio del nostro branco?" chiese con voce decisa. Non sembrava felice di vederci.

Mia nonna fece un passo verso di lui.

"Sono Ravynne, capoclan del branco delle Mani del Destino. Voi chi siete?"

"Capoclan? Non ho mai sentito parlare di questo titolo."

"Non rispettiamo le regole dell'Alfa. Abbiamo le nostre regole", disse con aria di sfida all'uomo.

"Oh... capisco. Siete del branco dei ribelli. Io mi chiamo Marcus. Sono un consigliere del branco della Foresta del Sud."

"Ho bisogno di parlare con il vostro Alfa. Siamo in una situazione terribile."

Sembrava che Marcus stesse valutando se fidarsi o meno di noi. Sentivo che il suo lupo era diffidente. Sembrava che stesse percependo il nostro odore prima di decidere.

"Va bene, seguitemi. Non osate tradirmi."

Mia nonna annuì.

"Non lo faremmo mai."

Seguimmo Marcus e presto ci trovammo nel centro dalla loro piccola città. Non ero mai venuta qui. Era composta da casette in legno.

Sembrava meno legata alla natura rispetto a quella del mio branco, ma era comunque bella.

"Non mi piace qui", mi sussurrò Skye.

"Non è poi così male", risposi. Mi piaceva, sembrava che ogni membro del branco avesse la sua casetta e potesse vivere felicemente.

Mentre ci avvicinavamo, la mia lupa cominciò a essere inquieta. Era irrequieta. Voleva uscire e io riuscivo a malapena a tenerla a freno. Nella mia testa urlava di nuovo "compagno." Mi chiedevo dove fosse. Non mi aspettavo che il suo profumo fosse così forte. Mi stava inebriando e volevo tanto trovarlo! Affondai le unghie nelle mani, cercando di ricordare a me stessa che dovevo restare con mia nonna e con Skye.

Finalmente arrivammo alla casa del branco. Marcus bussò alla porta.

Una donna dai capelli rossi aprì la porta. Aveva un bel vestito blu e i suoi profondi occhi verdi ci stavano studiando.

Non mi importava molto di lei. Quello che mi spiazzò fu il forte odore di Marcus una volta aperta la porta. Sicuramente si trovava in casa. Forse era un Beta? O un consigliere? Non era una buona cosa. Avevo sperato di stargli alla larga, ma a quanto pare le cose non sarebbero andate come pensavo.

"Mia Luna", Marcus si inchinò a lei. "Ho trovato questi lupi ribelli nel nostro territorio. Chiedono di parlare con l'Alfa."

"Grazie, Marcus", rispose lei, tenendo la testa alta. "Vado a chiamarlo. Potete entrare e aspettare nell'atrio."

Si girò e iniziò a camminare all'interno della casa. Mi chiesi perché non lo avesse chiamato attraverso il loro legame di coppia. Era più veloce che andare dal suo compagno. Avremmo fatto prima e avrei potuto allontanarmi da quell'odore seducente. Prima lo avremmo fatto, meglio sarebbe stato, perché non so quanto sarei riuscita a tenere a bada la mia lupa.

Entrammo nell'atrio e sperai solo che non si facesse vedere. Forse non sapeva che ero lì. Era un pensiero sciocco. Il legame di coppia era così forte. Sicuramente sapeva che ero lì. Mi auguravo che decidesse di rimanere nascosto e di aspettare che me ne andassi.

Stavo guardando le vecchie foto appese alla parete che ritraevano gli Alfa con i loro cuccioli. Adoravo quelle vecchie foto in bianco e nero. Sentii dei passi dietro di me e il mio cuore ebbe un sussulto. Era lui; lo capii senza nemmeno voltarmi.

"Mio Alfa, eccoti qui", disse Marcus.

Mi bloccai. Ha detto... Alfa? Non era una buona cosa... Oh, ecco perché la Luna non poteva chiamarlo attraverso il loro legame di coppia... Ha detto che non era una compagna designata. Certo, perché io ero la sua compagna designata... Questo significa che ero destinata a essere una Luna. I pensieri si susseguivano nella mia mente. Non riuscivo più a ragionare. Ero sopraffatta da così tante emozioni allo stesso tempo.

"Leila, potresti mostrare all'Alfa un po' di rispetto?" La voce di mia nonna mi fece trasalire.

Non sapeva che fosse il mio compagno. Nemmeno Skye lo sapeva.

Lentamente mi girai. Era lì, con i suoi bellissimi occhi blu e i capelli castano scuro. Il suo petto largo e muscoloso che traspariva dalla camicia. Il cuore mi batteva forte nel petto. Dal modo in cui mi guardava, sapevo che lo sentiva anche lui. Sicuramente era difficile per lui quanto lo era per me.

La sua Luna si stringeva al suo fianco. La sua mano era intorno al suo braccio. La sola vista di lei che lo toccava fece sobbalzare la mia lupa. Dovetti trattenere un ringhio che voleva uscire. Era pura gelosia. La mia lupa voleva proteggere ciò che era suo di diritto, donato dalla dea della Luna. Feci molta fatica a farlo, ma ci riuscii. Qualsiasi segno di ostilità sarebbe stato visto come un attacco diretto. Avevamo bisogno del loro aiuto contro il demone, se dovevo credere alle parole di mia nonna.

Lo guardai; mi stava ancora guardando. Sentivo che stava guardando direttamente la mia anima attraverso il suo sguardo. Mi chiesi come facesse a mantenere la calma, nonostante il legame di coppia lo attirasse.

"È un onore conoscerti, Alfa Will", esordì mia nonna.

"L'onore è mio. Cosa posso fare per te?"

"Dobbiamo parlare."

"Vieni", fece un gesto. "Andiamo nel mio studio."

Lo seguimmo nello studio. Guardai la sua Luna e lui che si tenevano per mano mentre camminavano. Non potei fare a meno di pensare a quanto avrei voluto staccare quella mano dalla sua. Ci volle tutta la mia energia per mantenere la mia lupa calma. Sarebbe stato molto più difficile di quanto avessi previsto.

*********** POV: Arius ***********

Stavo seguendo Elashor nel bosco. Seguire forse non è la parola giusta. Ammirare la sua bellezza sarebbe stato più preciso. Per ogni passo che faceva, per ogni oscillazione dei suoi fianchi, mi faceva battere il cuore più forte.

"Volevo dirtelo prima, ma ti ringrazio molto per il tuo aiuto, Elashor.”

Mi guardò con il suo sorriso radioso.

"È naturale aiutarti, Arius.”

Sentirle pronunciare il mio nome mi rendeva l'uomo più felice del mondo, anche se si trattava solo di dire una cosa così banale.

"Resta vicino a me. Non vorrei che tu ti perdessi.”

Ridacchiai a bassa voce. Non avrebbe dovuto chiedermelo due volte. Ridussi la distanza tra noi. Ora ero abbastanza vicino da poterle afferrare la mano, se avessi voluto. L'unica cosa che mi preoccupava era che non avevo idea di cosa pensasse di me. Io ero un vampiro e lei un elfo. Ho sempre pensato che gli elfi fossero creature superiori. Non che i vampiri non fossero buoni. Voglio dire, come principe vampiro, sapevo bene quanto potessimo essere potenti. Ma i vampiri non avevano la migliore reputazione tra le altre razze. Questo era il mio primo incontro con gli elfi e non sapevo bene cosa pensare.

Mi schiarii la gola, non sapendo bene come iniziare la conversazione.

“Elashor, io... volevo sapere una cosa.” Mi guardò e per un attimo potei vedere il mio riflesso nei suoi occhi.

"Sì?"

"Uhm, beh. Mi chiedevo. Non hai paura?"

"Paura di cosa?"

"Beh... sai, sono un vampiro."

"Oh, giusto!" Arrossì alla mia domanda. "Beh, devo dire che è la prima volta che incontro un vampiro. E devo ammettere che le cose che avevo sentito sulla vostra razza non erano le più... lusinghiere. Vedere che ti sei nutrito di quel cervo è stato... interessante."

Certo, non lo era. Solo le storie peggiori attraversano i confini. Basta che in una razza ci sia un solo pazzo, perché tutti pensino che siano tutti così. Chi non ha mai sentito parlare di Dracula? Quel tipo era uno squilibrato! Ci sono voluti anni per riuscire a catturarlo e porre fine al suo regno di terrore. A quel punto, il danno era già stato fatto.

Abbiamo cercato di agire con diplomazia per anni per aggiustare ciò che lui aveva rotto.

"Ma devo dire che non sei così spaventoso come pensavo che fossero i vampiri. Mi piace la tua presenza."

L'ultima parte mi riscaldò il cuore.

"Beh, non tutti sono così cattivi come dicono", dissi imbarazzato. Lei ridacchiò un po'. Non capivo bene perché, ma mi sembrava di perdere tutta la mia compostezza a causa sua. Mi sentivo impacciato e non riuscivo a ragionare.

"Quello che volevo dire è che mi piace anche la tua presenza." Così va meglio, pensai tra me e me. Anche Elashor sembrava soddisfatta della mia risposta.

Continuammo la nostra marcia verso Y'vagroth, parlando di cose semplici e cercando di conoscerci meglio.

Capitolo 7 (Arius)

Y'vagroth

Finalmente arrivammo alla base di una montagna. Era maestosa e la sua cima si perdeva tra le nuvole. Ero stupito dalla sua grandezza. Potevo sentire un potere che emanava dal suo centro. Era come se esigesse rispetto.

"Questo è Y'vagroth, Arius."

Mi soffermai un attimo ad ammirare il suo splendore. I miei occhi incontrarono poi quelli di Elashor, che erano molto più affascinanti della montagna. Come avrei voluto dirle quello che provavo. Anche se ci eravamo appena conosciuti... era una follia. Mi ero sentito così solo una volta, ed era stato quando avevo incontrato Mylandra, la mia compagna. Dopo la sua morte, pensavo che non mi sarei mai più sentito così. In tutta la mia vita mi era stato detto che si poteva avere una sola compagna. Mi sono sentito così devastato quando è stata uccisa. Eppure, per la prima volta dopo secoli, mi sentivo liberato da questo dolore. Ero veramente felice e pronto a lasciare che il mio cuore amasse di nuovo. Sentivo il nervosismo di non sapere cosa pensasse di me. Sentivo le farfalle nello stomaco al pensiero di dirle ciò che desideravo.

La fissai profondamente negli occhi.

"È la cosa più bella che abbia mai visto."

Non stavo parlando della montagna, ma mi piaceva che suonasse ambiguo. In questo modo potevo uscirne, a seconda della sua reazione. E non ce ne sarebbe stato bisogno, visto che ero quasi certo di averla vista arrossire un po'.

"Saliamo?" chiesi, facendo qualche passo avanti.

Lei annuì e mi seguì.

All'inizio il sentiero non presentava difficoltà. In seguito, però, la salita si era fatta sempre più ripida. Ci stavamo ormai arrampicando sulle rocce e ben presto ci trovammo nella nebbia più fitta. Suppongo che ci trovassimo a livello delle nuvole. Non mi ero reso conto che questa montagna fosse così alta, né che arrivare in cima sarebbe stato così difficile. Inizialmente avevo pensato di salire volando, ma mai avrei immaginato che avrei incontrato Elashor. Quindi, volare era decisamente da escludere. La nebbia era così fitta che era difficile vederla. Per fortuna, grazie al mio istinto di vampiro, potevo facilmente percepire il suo battito cardiaco, sentire il sangue che pompava nelle sue vene. Lo sentivo naturalmente attraverso il mio corpo, come un sesto senso.

Eravamo ancora avvolti dalla nebbia fitta quando sentii un grugnito, seguito da un urlo acuto. Non ero sicuro di chi o cosa avesse emesso il grugnito, ma sapevo con certezza che l'urlo proveniva da Elashor.

"Arius!" Il suo grido proveniva dall'aria.

Mi alzai in volo e seguii il suono della sua voce, poiché la nebbia era così fitta che riuscivo a malapena a vedere qualcosa. Finalmente la vidi e mi resi conto che era sorretta da una mano gigantesca.

"Elashor! Cosa sta succedendo?"

"Arius, aiuto!", si limitò a implorare.

Avvertii un movimento alle mie spalle e mi girai giusto in tempo per evitarlo. Era un'altra mano. Cosa mai può essere così grande? mi chiesi.

Continuai a salire fino a quando riuscii a vederne il volto. Davanti a me potevo osservare una testa molto grande e calva. Sulla fronte c'era un gigantesco occhio sporgente. Un ciclope! Cosa ci faceva un ciclope su questa montagna? Nessuno aveva mai parlato di un ciclope! Come diavolo potevo liberarmene? E senza che Elashor venisse uccisa nel frattempo?

Non volevo perdere un'altra donna che amavo senza nemmeno averle detto quello che provavo!

Il ciclope grugnì alla mia vista e cercò di afferrarmi con la mano libera. Lo evitai facilmente. Mi resi conto che poteva essere molto alto e forte, ma io ero molto più veloce e agile di lui. Lui provò di nuovo più volte ad afferrarmi e ogni volta riuscii a evitarlo. I miei sensi di vampiro mi permettevano di percepire facilmente ogni movimento dell'imponente creatura. D'altra parte, la fitta nebbia probabilmente gli rendeva difficile vedermi chiaramente. Avevo il coltello dalla parte del manico.

Dopo alcuni tentativi falliti, il ciclope sembrò essersi stancato e iniziò ad allontanarsi, tenendo ancora Elashor nella sua mano.

La sentii strillare e capii che il ciclope aveva deciso di mangiarla. Non potevo permettere che accadesse. Afferrai il masso più grande che riuscii a sollevare. I vampiri di solito hanno molta forza, quindi si trattava di un masso molto grande. Volai verso la testa del ciclope e lasciai cadere il masso direttamente nel suo occhio.

La creatura urlò di dolore. Nel farlo, liberò Elashor e si coprì l'occhio con le mani. Non appena lo fece, Elashor iniziò a precipitare verso il suolo, poiché non poteva volare, come me. Scesi il più velocemente possibile e riuscii a prenderla prima che toccasse terra. Lei si aggrappò a me con forza e nascose la testa nell'incavo del mio collo. Il mio cuore batteva forte per quel legame con lei, ma sapevo che i ciclopi erano creature forti. Sarebbe stata solo una questione di secondi prima che cercasse di catturarci di nuovo.

Approfittando della nebbia, volai un po' su per la montagna, sempre con Elashor in braccio, tenendola stretta. Alla fine vidi una fenditura nella roccia, che creava una piccola caverna. Abbastanza piccola da non permettere a un ciclope di entrarvi, ma abbastanza grande da permetterci di nasconderci al suo interno e di non essere visti. Mi feci strada nella caverna e feci cenno a Elashor di stare tranquilla. Lei annuì nervosamente, ancora impaurita.

Il terreno tremava per il peso del ciclope che avanzava in cerca di noi. Non ci siamo mossi. Credo di essermi permesso a malapena di respirare, per paura che la creatura ci sentisse. Sentivamo ogni suo passo mentre si avvicinava o si allontanava da noi. Ringraziai la nebbia, altrimenti ci avrebbe visti. Dopo un po', i passi cominciarono ad udirsi più in lontananza , lungo il sentiero che avevamo percorso per salire sulla montagna. Rimanemmo così, nascosti, senza muoverci, per non so quanto tempo. Quando non sentimmo più alcun passo e ritenemmo di essere al sicuro, uscimmo dalla caverna.

Solo allora mi resi conto che stavo ancora tenendo Elashor tra le braccia. In tutto quel tempo, non l'avevo liberata dal mio abbraccio. Era appoggiata a me e sembrava godersi il momento. Potevo sentire il calore del suo corpo contro il mio. Sentivo il battito del suo cuore attraverso il mio. Mi stavo godendo questo momento molto più di quanto volessi ammettere. Poteva essere amore a prima vista? Era possibile che il destino mi avesse concesso una seconda compagna?

Mi sentii improvvisamente nervoso. Non sapevo bene come avrei dovuto reagire, cosa avrei dovuto dire. Dovevo liberarla dal mio abbraccio? O rimanere così? Il salvataggio precedente aveva giustificato il mio abbraccio, ma ora che era al sicuro non sapevo cosa fare....

"Non sapevo che i vampiri potessero volare", sussurrò, guardandomi negli occhi. Arrossii per il modo in cui mi fissava.

"Sì, possiamo."

"È molto utile."

"Può esserlo, ma richiede anche molta forza, quindi non esageriamo."

Lei annuì e sorrise.

"Grazie per avermi salvato."

Le sorrisi a mia volta.

"Non avrei lasciato che quella creatura ti divorasse."

Rifletté per un momento.

"Avresti potuto. Così saresti stato libero di andare dove volevi nel nostro territorio."

Le sue parole mi colpirono. Aveva ragione, ma non l'avrei mai fatto.

"Questo pensiero non mi ha mai sfiorato."

La rimisi a terra, riluttante nel liberarla dal mio abbraccio. Il momento sembrava perfetto per farlo. Non disse nulla sul fatto che l'avevo tenuta stretta a me così a lungo, e gliene fui grato.

"Non sapevo che qui vivesse un ciclope", dissi.

Elashor esitò, "beh... credo che potremmo aver fatto arrabbiare le Oreadi...."

Ripetei: "Le Oreadi?"

Annuì. "Sì, sono le ninfe della montagna. Te l'ho detto, questa montagna è sacra. Di solito solo la mia gente è autorizzata a scalarla. Credo che le abbiamo fatte arrabbiare."

Pensavo che tutte le ninfe fossero creature amichevoli. Ma forse mi sbagliavo? Era la prima volta che mi recavo in un territorio degli elfi, quindi forse c'erano alcune cose che non capivo.

“Pensi che sia sicuro se continuiamo fino in cima?”

Elashor alzò lo sguardo mentre rifletteva.

"Beh, penso che dovrebbe essere sicuro. Voglio dire, anche se le abbiamo fatte arrabbiare venendo qui, non credo che sarà peggio se continuiamo.”

Giusto, pensai. Speravo solo che non ci fossero orde di mostri e creature a inseguirci fino alla cima della montagna.

"Va bene, allora ci mettiamo in cammino?”

Lei annuì e guardammo attentamente fuori per vedere se era sicuro. La nebbia era ancora presente. Immaginai che questa parte della montagna fosse sempre coperta dalla nebbia. Era così alta che era come se tutte le nuvole vi fossero rimaste impigliate.

Superammo le nuvole e la nebbia e, con mio grande sollievo, il ciclope non si vedeva da nessuna parte. Credo che fosse sceso e avesse rinunciato a trovarci. Eravamo ormai ad un'altitudine tale alla quale neppure gli uccelli si spingevano. Eravamo circondati dal silenzio e dalla luce del sole che splendeva senza alcuna opposizione. Non c'erano piante, camminavamo solo sulla roccia, in silenzio, ammirando la bellezza di questo luogo. Mi sembrava di poggiare i piedi su un terreno sacro. Più avanti, una parete di roccia si ergeva di fronte a noi. Cominciai a sentire l'acqua che scorreva. Non capivo... Eravamo sopra le nuvole. Come poteva esserci acqua a questa altitudine? Stavo forse diventando pazzo?

"Hai sentito?" chiesi a Elashor, dubbioso.

Lei ridacchiò un po'. "Siamo qui", indicò la parete di roccia con la mano.

Mi accigliai, non capendo cosa volesse dire.

Mi fece cenno di andare avanti e io lo feci.

Fui sorpreso da ciò che vidi dall'altra parte della parete rocciosa. Al centro di questo luogo deserto si trovava una piccola cascata, che sembrava sgorgare dal nulla. L'acqua cadeva in una vasca scavata nella roccia stessa. Ai lati della vasca crescevano alcuni arbusti e fiori, nutriti dall'acqua che cadeva dalla cascata. Non avevo idea della provenienza di quest'acqua. Immaginai che la risposta fosse che proveniva dalla magia delle creature che vi si bagnavano.

All'interno di essa scorgevo delle creature, sembravano donne fatte di acqua. Sembravano avere una forma, ma si poteva vedere attraverso di loro. Scomparivano quando andavano sott'acqua, eppure potevo sentirle parlare e ridere insieme. I loro capelli fluttuavano nell'aria mentre muovevano la testa. Rimasi lì a guardare, senza fiatare. Ero ancora lontano, ma non volevo interrompere i loro giochi.

Fui sorpreso quando una mano si posò sul mio braccio. Abbassai lo sguardo e vidi Elashor.

"Quelle sono le Naiadi, le ninfe dell'acqua."

Annuii: "È quello che pensavo."

"Sei pronto a trovare il tuo fiore?"

Giusto, era questo il motivo per cui ero venuto qui, no?

"Sì, l'idea è quella...."

Elashor mi studiò. "Non sembri più convinto. Non hai qualcuno di caro da curare?"

Annuii. "Sì. È solo che ho appena scoperto questo posto e la vostra gente. Sento che ho ancora molto da scoprire."

Lei sorrise. "Capisco. Vieni."

Proseguimmo. Le ninfe smisero di giocare e si voltarono verso di noi.

"Cosa ci fai nelle nostre terre, creatura delle tenebre?" chiesero, guardandomi.

"Mi chiamo Arius. Sto cercando il fiore Angelus. Ho bisogno di guarire un amico gravemente malato."

Una delle ninfe annuì, prima di aggiungere:

"Normalmente non è permesso a un estraneo di impossessarsi di un reagente così potente."

Questo era un problema. Non avevo intenzione di lasciare questo posto senza il fiore. Ma non volevo combattere contro di loro. Solo Dio sapeva che forza avevano queste creature. Avevo fiducia nella mia forza, in quanto principe vampiro. Ma allo stesso tempo c'era Elashor. Non volevo davvero venire qui a combattere i suoi dei... o qualsiasi cosa queste creature rappresentassero per lei.

Prima che potessi provare a protestare, Elashor si rivolse a loro.

Per favore... non è una creatura delle tenebre. È buono, l'ho visto."

La ninfa la guardò, mettendo in dubbio le sue parole.

"Come posso fidarmi delle tue parole? Non hai forse tradito il tuo clan portandolo qui?"

Elashor guardò a terra, abbassando le braccia. Le afferrai una mano. Lei alzò la testa e mi sorrise. Poi tornò a guardare la ninfa.

"So che è buono. Mi ha salvato la vita. Ha combattuto contro un ciclope per salvarmi."

Lo disse con tanta forza e determinazione. Mi fece piacere che credesse davvero che io fossi buono.

Le ninfe concertarono tra loro, poi si voltarono verso di noi.

"Bene, abbiamo deciso di permettervi di prendere uno degli Angelus Hyssopus. Ne avrete solo uno. Usatelo con saggezza."

Il sollievo mi colse all'udire quelle parole. La ninfa indicò un bellissimo fiore bianco che cresceva sul lato della vasca. Feci un passo avanti.

Una delle ninfe mi avvertì. La sua voce sembrava fluire nell'aria.

"Sai che una volta raccolto, dovrai agire in fretta prima che i suoi poteri si disperdano?"

Le feci un cenno.

"Sì, dopo averlo raccolto mi metterò in cammino."

Nascosi il fatto che mi straziava il cuore andarmene. Volevo restare con Elashor. Era la persona più preziosa per me, anche se non lo sapeva. Aveva fatto ciò che pensavo fosse impossibile. Aveva fatto scomparire la tristezza per la perdita della mia prima compagna. E mi stava facendo credere di nuovo nell'amore. Non volevo perderla e non sapevo come dirglielo. Non avevo più tempo.

Cercavo frettolosamente qualcosa da dirle. Ma non riuscivo a trovare nulla. Il mio cuore sembrava sapere cosa dire, ma il mio cervello era vuoto. Non trovando nulla, feci un passo verso il fiore.

Una mano calda afferrò la mia, il tocco della sua mano mi fece battere il cuore ancora di più. Girai la testa per vedere Elashor, con le lacrime che le colavano silenziosamente sulle guance.

"Ti prego... non andartene."

Mi avvicinai a lei, asciugandole le lacrime. Non capivo da dove venisse tutto questo. Non osavo credere ai pensieri che mi si affacciavano alla mente. Avevo paura anche solo di pensarci e di avere il cuore spezzato se non fossero stati veri.

Guardai i suoi occhi blu, perdendomi per un attimo nella loro bellezza.

"Pensavo che volessi che me ne andassi dalle tue terre dopo aver trovato il fiore."

Annuì lentamente. "Sì... ma era... prima."

Non avevo il coraggio di finire la frase, così chiesi: "Prima di cosa?"

Lei mi scrutò negli occhi. Sembrava che stesse cercando una risposta. Invece di rispondere, si sollevò in punta di piedi e portò le mani dietro il mio collo, costringendomi a incontrare le sue labbra. Chiusi gli occhi, assaporando le sue dolci labbra. Se stavo sognando, non avrei mai voluto svegliarmi. Le misi le braccia intorno ai fianchi e la avvicinai a me. Mi sembrava che fosse il primo respiro che facevo dopo tanti anni.

Quando smettemmo di baciarci, lei si allontanò di pochi centimetri da me, per guardarmi. Sembrava avere ancora delle domande in mente. Non ero sicuro di cosa dire. Ciò a cui le parole non possono rispondere, il cuore può. Avvicinai le mie labbra alle sue e ricambiai il bacio con passione, le sue labbra si separarono e le nostre lingue danzarono insieme.

Non so esattamente per quanto tempo ci baciammo, ma a un certo punto entrambi dovemmo prendere una boccata d'aria. Interrompemmo il bacio, ma la tenni tra le braccia, non volendo lasciarla andare. Finalmente decisi di dirle tutto ciò che il mio cuore desiderava.

"Elashor, so che può sembrare assurdo. Voglio dire, ti ho appena incontrato... Ma mi sembra di conoscerti da anni...."

Sorrise mentre ascoltava i miei vaneggiamenti. Ero nervoso. Non sapevo esattamente cosa dire o dove volevo arrivare. I pensieri sembravano così chiari. Eppure, cercavo le parole che mi sfuggivano di bocca. Mi sentivo un'idiota, ma almeno lei non stava ridendo.

"Quello che voglio dire è che... Elashor... credo di essermi innamorato di te. Così, così innamorato, che è persino folle pensare che potrei andarmene e vivere senza di te."

Elashor mi abbracciò forte tra le sue braccia e sussurrò: "Oh Arius! Anch'io ti amo."

Le lacrime le scendevano di nuovo sulle guance, ma stavolta erano lacrime di gioia. Presto cominciai a piangere anch'io. Era un tale sollievo sapere che lei provava lo stesso sentimento. Mi sentivo come se potessi finalmente fare i conti con il mio passato e guardare al futuro.

Elashor aggiunse: "Non so proprio come sia possibile amarti così tanto in così poco tempo."

"Credo che tu possa essere la mia compagna."

Elashor ebbe uno sguardo interrogativo. ""La tua compagna"?

Annuii. "Il destino ci concede una sola compagna, una sola persona, da amare per sempre."

Sorrise. "Oh, ok, capisco. La nostra gente le chiama anime gemelle."

"Voglio sapere tutto di te e della tua gente."

Sentii le ninfe dietro di noi. Mi voltai e vidi una ninfa che mi faceva cenno di prendere il fiore e mi ricordai del mio compito.

"Ma prima devo proprio riportare questo fiore."

Elashor sembrava delusa. "Capisco."

"Te lo prometto. Dopo aver consegnato il fiore, tornerò da te."

Le afferrai il mento e la baciai un'ultima volta, godendomi il calore del suo corpo contro il mio, con il cuore che batteva forte.

Quando ci separammo, mi diressi finalmente verso il fiore. Con delicatezza, lo raccolsi e lo avvolsi subito nel panno che mi aveva dato Elwin e lo misi nella borsa.

Presi il volo e mi diressi verso il castello, come mi aveva ordinato Elwin.

Capitolo 8 (Will)

L'energia vitale

Ci sedemmo tutti nel mio studio. Tenevo Jane vicino a me. Dall'altra parte dell'enorme scrivania di legno erano sedute Leila, Skye e Ravynne. Feci molta fatica ad ascoltare la loro storia. Riuscivo solo a pensare a quanto fosse inebriante il profumo di Leila. Continuavo a pensare all'altro giorno, quando avevamo corso insieme nella foresta nella nostra forma di lupo. Il mio lupo era pronto a marchiarla, proprio così. Lei era il mio tutto. Avevo bisogno di lei come di respirare. Strinsi la mano di Jane, cercando di ricordare a me stesso che lei era la mia Luna. Era lei che avevo scelto. Non potevo cambiare idea così, su due piedi. Ecco perché negli ultimi giorni mi ero sforzato di non pensare a Leila. Avevo cercato in tutti i modi di allontanarla dalla mia mente, ma mi sentivo infelice. Jane mi strinse la mano e mi resi conto che ero di nuovo perso nei miei pensieri.

"Cosa pensi che dovremmo fare, Alfa Will?" domandò Ravynne.

Sinceramente, non avevo seguito quello che mi era stato detto. Ero troppo impegnato a cercare di resistere al legame di coppia e a tenere sotto controllo il mio lupo. Per fortuna, Jane si accorse che non avevo ascoltato e mi aggiornò sulla conversazione.

"Questo fetore è sicuramente un problema. Se uccide tutti gli animali e le piante, prima o poi si diffonderà anche qui. Sei d'accordo Will?" Attese la mia approvazione. Ancora una volta, ero felice della sua presenza. Svolgeva perfettamente i compiti di Luna.

Guardai Leila che sgranava gli occhi. Nessun altro se ne accorse. Mi guardavano tutti, aspettando la mia risposta. Ma potevo sentire l'irritazione di Leila attraverso il nostro legame di coppia. Osservavo come si contorceva leggermente e giocherellava con le dita ogni volta che Jane parlava. Sapevo che non lo faceva apposta. Il mio lupo avrebbe fatto lo stesso, o anche peggio, se un maschio si fosse avvicinato a lei nello stesso modo in cui Jane era al mio fianco. Mi morsi il labbro, sentendomi in colpa per averle fatto passare tutto questo. Era la donna più meravigliosa che avessi mai visto. Meritava di essere felice e di avere un compagno amorevole.

Alzando lo sguardo, mi resi conto di non aver ancora risposto. Mi schiarii la gola.

"Hai ragione. Non possiamo permetterci di stare fermi e non fare nulla. Cosa hai detto che è la causa di questo fetore?"

Ravynne sorrise. "Credo che provenga dall'apertura di un cancello del mondo sotterraneo."

L'ultima frase mi fece trasalire. Possibile che Eurynomos stesse finalmente riuscendo nel suo piano? Lo chiederò a Bianca quando tornerà dal castello con Kate. Mi hanno detto che avevano notizie incoraggianti e che sarebbero dovute andare lì il più presto possibile.

"Perché hai pensato che fosse una porta per il mondo sotterraneo?" chiese Jane.

"Un tempo i nostri antenati avevano il compito di tenere un antico demone sigillato nel mondo sotterraneo. È stato predetto che un giorno sarebbe ritornato in questo mondo."

"Questo demone", iniziai "sarebbe Eurynomos?"

Ravynne si mise una mano sulla bocca. "Come lo sai?"

Questo aspetto era interessante. Di certo, se i loro antenati avevano il compito di tenere

Eurynomos sigillato, mia sorella sarebbe stata sicuramente ansiosa di incontrarli.

"Anche noi abbiamo i nostri problemi con questo demone. Penso che dovresti rimanere per un po'. C'è una persona che vorrei farvi conoscere, ma al momento non è qui."

Ravynne e Skye annuirono. Leila rimase a bocca aperta. Sapevo esattamente cosa pensasse e condividevo la stessa opinione. Non avevo idea di come avrei fatto a tenerla così vicina a me per qualche giorno.

Mi rivolsi a Jane. "Per favore, chiedete alla cameriera di preparare una stanza per i nostri ospiti. La seconda dall'ingresso andrà bene."

Era la stanza più lontana dalla mia che non era occupata. Non riuscivo a stare nella stessa stanza con lei. Ero fortunato ad essere riuscito a tenere a freno il mio lupo per tutto quel tempo. E ora avevo davvero bisogno di allontanarmi da lei.

"Mi dispiace. Ho altre cose da fare."

Ravynne rispose: "Grazie per la tua gentilezza, Alfa Will."

Non potevo più aspettare. Il mio lupo mi urlava di reclamarla. Mi alzai dalla sedia, cercando di mantenere la calma il più possibile. Dovevo andare dall'altra parte della scrivania per raggiungere la porta, ma loro erano ancora sedute sulle loro sedie. Passando così vicino a Leila, giuro che sentii l'aria diventare più calda. Mentre mi avvicinavo alla porta, sentii un sussulto. Mi girai, ma Skye e Ravynne stavano parlando con Jane. Stavo sognando? Forse l'avevo sentito attraverso il mio legame di coppia. Guardai i profondi occhi marrone cioccolato di Leila che mi fissavano. Sentivo che c'erano così tante cose che avrebbe voluto dire, ma non l'aveva fatto. Sapevo che poteva parlarmi attraverso il nostro legame di coppia. Perché non lo faceva adesso? Non potevo restare qui ad aspettare di saperlo, perché riuscivo a malapena a trattenermi dal baciarla. Uscii dalla stanza e andai fuori. Speravo solo che mia sorella tornasse presto a casa.

************ POV: Bianca ************

Arrivai il più velocemente possibile quando sentii che Arius era tornato! Era così eccitante!!! E sapendo che il potere del fiore sarebbe appassito rapidamente se non ce ne fossimo occupati al più presto, non c'era tempo da perdere. Soprattutto perché la salute di mio padre era peggiorata. Sembrava che si indebolisse ogni giorno che passava. Non sapevamo ancora cosa lo stesse uccidendo lentamente, ma un pensiero mi passò per la testa... Avevo letto in un libro da qualche parte in biblioteca che i demoni potevano influenzare il mondo dei vivi senza essere presenti. Questo mi fece pensare... Quello che stava accadendo a mio padre poteva essere in qualche modo collegato al demone? Volevo parlarne con Steven e conoscere la sua opinione, ma per il momento era ancora impegnato con Zach e Lilith nei preparativi dell'esercito. Mi mancavano le sue braccia in questo momento, ma avevamo così tante cose da fare. Non vedevo l'ora che tutto fosse finito per poter passare più tempo con il mio compagno.

Ero ancora nella biblioteca del castello. Era molto più grande di quella che avevamo a casa del branco. C'erano file di libri su ogni lato della vasta stanza. I volumi arrivavano fino al soffitto. Era alta almeno due piani. Al centro della stanza c'era un ampio spazio aperto con diversi tavoli dove le persone potevano sedersi e leggere. Nonostante la presenza di interruttori per la luce, mi piaceva l'atmosfera antica che si respirava quando accendevo i lampadari. Evitavo il più possibile di accendere le luci moderne. Alcuni libri probabilmente non venivano letti da secoli, a giudicare dalla quantità di polvere che li ricopriva. Negli scaffali dei libri erano incastonate delle scale a rotelle. Era facile arrampicarsi fino a un altro libro che si voleva consultare. Nell'aria aleggiava il caratteristico odore dolce e muschiato dei vecchi volumi che amavo tanto. In qualche modo, mi ricordava il caffè o il cioccolato. Trascorrevo qui la maggior parte del mio tempo quando venivo al castello. Era la mia casa lontano da casa.

Comunque, per il momento, dovevo correre al laboratorio di Elwin. Lasciai i libri che stavo leggendo su uno dei tavoli di legno e mi diressi da lui.

Sentivo la voce di Elwin ancora prima di aprire la porta. Sembrava che stesse conversando animatamente. Non origliai; ero troppo eccitata per vedere cosa stava succedendo. Entrai nella stanza e non diedi nemmeno un'occhiata al solito disordine. Mi diressi direttamente verso il fondo della sala, dove Arius ed Elwin stavano chiacchierando. Alcune fiale erano disposte su un tavolo accanto a loro. Arius teneva un panno tra le mani.

"Magnifico! Ancora più bello di quanto pensassi!" esclamò Elwin.

Arius sorrideva accanto a lui.

Avvicinandomi, riuscii a vedere un fiore bellissimo e delicato nel panno che Arius teneva in mano. Aveva centinaia di piccoli fiorellini bianchi e in qualche modo sembrava così puro da essere quasi luminoso.

"Wow! Arius, è bellissimo!" dissi.

"Sì, lo so. Non è stato facile recuperarlo", aggiunse.

"Giusto!" disse Elwin, come se si ricordasse qualcosa. "Dobbiamo sbrigarci."

Mi sorprese la delicatezza con cui prese il fiore. Non mi aspettavo che il vecchio stregone fosse in grado di farlo con tanta cura. Credo che anche dopo tutto questo tempo, questo vampiro potesse ancora sorprendermi.

Prese il fiore e lo mise in una grande fiasca di vetro con dell'acqua. Ero piuttosto curiosa di sapere cosa ne avrebbe fatto.

"A cosa serve quella fiaschetta di vetro?"

Elwin aggrottò le sopracciglia.

"Non è vetro, figlia mia! È vetro borosilicato!"

Guardai la fiaschetta. Non sapevo assolutamente cosa significasse e non sapevo se avrei dovuto chiedere spiegazioni. Un silenzio imbarazzante si insinuò tra noi. Arius aveva la stessa espressione mentre mi guardava. Trovai la situazione piuttosto divertente e dovetti trattenermi dal ridacchiare. Elwin finalmente alzò gli occhi e colse i nostri sguardi. Alzò lo sguardo e sospirò.

"A voi ragazzi non insegnano più nulla a scuola?"

Io e Arius ci guardammo, non osando ridere.

"Il vetro borosilicato contiene triossido di boro. Ciò significa che non si rompe come il vetro normale in caso di forti sbalzi di temperatura", spiegò Elwin. Andò subito ad accendere una fiamma sotto la fiaschetta.

Lo osservai intensamente. A casa del branco non avevamo questo tipo di attrezzatura. Non era una cosa che facevamo. Questo tipo di esperimenti era nuovo per me. Volevo saperne di più.

"Lo stai facendo riscaldare?"

Elwin annuì. "Sì, quando l'acqua bolle, una parte dell'acqua purificata evapora. Allo stesso tempo, l'essenza del fiore rimarrà nella fiaschetta. Quando quasi tutta l'acqua sarà evaporata, potremo liberarci dei resti del fiore. Sul fondo della fiaschetta ci sarà la magia altamente concentrata del fiore."

Era così interessante! Mi avvicinai per poter osservare tutto ciò che accadeva. L'acqua non stava ancora bollendo, ma volevo assistere a tutto questo.

"Beh, è molto bello e tutto quanto, ma devo tornare nelle terre degli elfi della Luna", dichiarò Arius.

Mi voltai di nuovo verso di lui. "Davvero? Sei appena tornato da lì."

Stava sorridendo. "Lo so, ma ho lasciato lì una persona molto importante."

Non osavo saltare alle conclusioni, ma... "È così?" chiesi stuzzicandolo.

Lui sorrise. "È una storia lunga. Te la racconterò un altro giorno."

Ridacchiai. "Ok, va bene, voglio sentirla tutta!"

Vedere Arius felice in quel modo era rigenerante! L'avevo visto così triste, arrabbiato con se stesso e isolato. Ero sinceramente felice che avesse ritrovato l'amore. Non vedevo l'ora di sapere tutto di lei.

Mi voltai di nuovo verso Elwin.

"Quanto tempo ci vorrà?"

Lui rifletté un po' prima di rispondere: "Probabilmente fino a domani mattina."

"Oh, non pensavo che ci volesse così tanto."

Elwin mi guardò. "La magia richiede tempo. Devi imparare a essere paziente."

Sospirò. Sapevo che aveva ragione. "Credo che tornerò in biblioteca, allora."

"Come desidera, mia signora", rispose semplicemente.

Uscii dalla stanza e incrociai mia sorella Kate.

"Ciao Bianca! Come stai?"

Sorrisi. Le volevo un bene dell'anima. Mi abbracciò. Mi piaceva la sua presenza, visto che non la vedevo più molto spesso, ora che era la Regina dei vampiri.

"Sto bene, sto tornando in biblioteca."

Mia sorella sorrise; sapeva quanto mi piacesse la biblioteca. Kate non era mai stata un topo di biblioteca; era la sorella più attiva. Crescendo, ho sempre tenuto il naso su un libro, lasciandomi trasportare in un mondo meraviglioso.

"Penso che ti accompagnerò."

Annuii e le afferrai il braccio come facevamo quando eravamo piccole.

"Davvero? Qual è l'occasione?"

Lei rise. "Voglio leggere altri libri sui vampiri. Con il bambino che sta crescendo nella mia pancia, non vedo l'ora di saperne di più su di loro. Non so se sarà un licantropo, un vampiro o un po' di entrambi. Forse posso trovare più informazioni in biblioteca."

Hmm. Questo è molto sensato. Immagino che questo bambino ibrido sollevi molte domande. I licantropi e i vampiri di solito non si associano. In ogni caso, sarei felice di avere mia sorella al mio fianco.

Camminammo insieme fino alla biblioteca, chiacchierando di piccole cose e delle nostre vite.

Quando tornammo, aiutai Kate a trovare alcuni libri di cui aveva bisogno. Si sedette accanto a me e iniziò a leggere.

La parte migliore era che, attivando più uscite, sarei stato in grado di iniziare a invadere il mondo in più punti allo stesso tempo. Era perfetto! Eppure, c'era solo un'entrata nel mondo sotterraneo. Avrei fatto in modo che fosse molto sorvegliata... solo uno sciocco avrebbe cercato di entrare ad ogni costo.

Quando il sigillo del portale principale sarà rotto, potrò viaggiare io stesso nel mondo dei vivi. Con tutta l'energia vivente che sto prosciugando dalle creature mortali, divento sempre più forte ogni minuto che passa. Hai sentito? Miserabile sgualdrina! Non mi fermerai mai!

Mi sedetti subito sulla sedia, con il cuore che batteva forte e il sudore che mi imperlava la fronte. Era di nuovo quel maledetto demone. Sembrava che stesse aprendo dei portali nel nostro mondo. Non era una buona cosa! Non procedevamo abbastanza velocemente; stava portando a termine il suo piano troppo in fretta.

Kate alzò gli occhi dal libro e vide il mio volto.

"Va tutto bene?"

Scossi la testa. "No. È Eurynomos. Sta aprendo dei portali verso il nostro mondo."

Kate si mise una mano sulla bocca e sussultò.

"L'ho sentito dire! E afferma anche che stia prosciugando l'energia dei vivi.”

Mentre pronunciavo quelle parole, mi resi conto di una cosa.

"Oh, mio Dio! Kate! È questo!”

“Cosa?"

"Ne sono sicura! È Eurynomos che ha indotto la malattia di nostro padre! Sta prosciugando la sua energia vitale! Ne sono certa!”

Non sapevo cosa avrei dovuto fare. Per quanto odiassi sentire Eurynomos che mi parlava, questa era una rivelazione! Era a risposta a così tante domande. Allo stesso tempo, dovevo assolutamente trasmettere queste informazioni agli altri il prima possibile! Erano notizie preziose anche per la guerra contro il demone. Mi alzai, ma non sapevo da dove cominciare. Il cuore mi martellava nel petto. Troppe cose allo stesso tempo. La mia mente aveva mille pensieri.

Sentii le mani amorevoli di Kate sulle mie spalle.

"Calmati, sorellina. Lascia che ti aiuti. Siamo una squadra, ricordi?", sorrise.

Si fermò un attimo e si concentrò.

"Ho appena chiamato Damien attraverso il nostro legame di coppia; sarà qui immediatamente.”

Giusto! Il legame di coppia. Come diavolo ho fatto a non pensarci? Forse ero troppo sopraffatta. Mi concentrai sul mio dolce Steven, che amavo così tanto. Era ancora con Zach e Lilith. Gli diedi tutte le informazioni. Mi chiese se volevo che venisse a confortarmi, ma rifiutai. Volevo che preparasse l'esercito per la battaglia. Era chiaro che avremmo dovuto essere pronti ancora più in fretta di quanto avessimo previsto.

Pochi secondi dopo, Damien emerse nella biblioteca con un'espressione seria.

"Sono venuto il più velocemente possibile", disse, senza fiato. Se un vampiro ha il fiatone, deve aver fatto molto in fretta. Mi chiesi dove fosse, ma accantonai la domanda. Non era importante in questo momento. Gli spiegai di nuovo tutto.

Ascoltò tutto quello che avevo da dire. Quando finii di parlare, mi disse: "Bene, quindi per riassumere. Sappiamo che Eurynomos sta prosciugando l'energia vitale di tuo padre. Sta riuscendo nel suo piano di rompere il sigillo del portale principale e sta progettando di venire qui. Nel frattempo, sta creando delle aperture per far entrare il suo esercito in questo mondo."

Annuii. "Giusto! E mi ha accennato che c'è una sola entrata nel mondo sotterraneo, quindi è probabile che sia molto sorvegliata."

"Giusto, anche questo..."

Ripensai a un libro che avevo letto non molto tempo fa. Parlava di antichi demoni e dee. Si diceva che la Dea della Luna fosse la responsabile della prigionia di Eurynomos secoli fa. Sebbene un antico branco si occupasse di custodirlo, per un motivo sconosciuto non riuscì nel suo compito. Così, toccò alla Dea della Luna combattere ancora una volta Eurynomos e imprigionarlo di nuovo.

Essendo la figlia della Dea della Luna, sapevo che la responsabilità ricadeva sulle mie spalle. Ma a causa della maledizione che mi legava a Eurynomos, era impossibile. Non solo non avevo tutti i miei poteri, ma Eurynomos era al corrente di ogni mia mossa e di ogni mio pensiero.

"Devo trovare un modo per spezzare questa maledizione", dissi a Damien.

"Lo so. Dobbiamo anche dire a Will la causa della malattia di tuo padre. E le notizie sui progressi del demone."

Annuii, ma non volevo ancora lasciare la biblioteca. Volevo leggere di nuovo quel libro antico. Avevo la sensazione che contenesse informazioni su come spezzare la maledizione.

"Vado io", disse Damien.

"No!" Kate gridò. "Ho bisogno che tu stia qui con me, con il bambino. Non voglio che ti accada nulla."

Damien la abbracciò teneramente, posando una mano sul suo ventre ancora piatto. La baciò dolcemente sulle labbra.

"Tornerò. Non sarai mai sola."

Scosse la testa. "Ma se ti succedesse qualcosa? Sei il Signore dei vampiri! La tua gente ha bisogno di te."

"E tu sei la loro regina. Staranno bene con te mentre io non ci sarò."

Damien prese la mano di Kate e la mise nella mia.

"Rimani qui con tua sorella, lavora il più possibile per prepararti alla guerra e per trovare il modo di spezzare la maledizione. Puoi sempre dirmi tutto quello che succede attraverso il nostro legame di coppia. Se dovessi avere bisogno di me, tornerò volando. Promesso."

Strinsi la mano di mia sorella. Per quanto potevo capire, non voleva che il suo compagno se ne andasse, soprattutto ora che era incinta. Aveva ragione. Ci darà un vantaggio poter usare il loro legame di coppia per comunicare tra la casa del branco e il castello.

"Ha ragione, Kate."

Mia sorella annuì con riluttanza. Si rivolse al suo amato. "Ti prego, stai attento."

Lui sorrise. "Non preoccuparti, porterò con me anche Blake.”

La baciò un'ultima volta, soffermandosi ad accarezzarle le guance. Potevo sentire tutto l'amore che provava per lei. Poi mi abbracciò fraternamente.

Prima di lasciare la stanza, si voltò e aggiunse: "So di poter contare su di te, mia regina.” Ammiccò e lasciò la stanza.

Capitolo 9 (Will)

Le streghe

Passai la notte insonne. Il mio lupo era irrequieto. Sono quasi certo che nemmeno lei abbia dormito. Anche se era nella stanza più lontana della casa, non facevo altro che pensare a lei, inebriato dal suo profumo. Era rimasta qui solo una notte, ma mi resi conto che non potevo continuare così. Non ero sicuro di cosa avrei fatto esattamente. Ma sapevo che dovevo stare con la mia compagna. Non potevo più mentire a me stesso.

Nonostante non avessi dormito la notte precedente, mi sentivo carico di energia. Avevo la sensazione che fosse perché la mia compagna era così vicina. Il mio lupo voleva vederla a tutti i costi.

Feci una doccia veloce e mi vestii con un bel paio di jeans e una semplice maglietta.

Jane era già in cucina quando uscii dalla doccia. Avrei dovuto parlarle al più presto, ma non sapevo ancora come avrei gestito la conversazione. Diedi una rapida occhiata per assicurarmi di essere in ordine prima di andare a fare colazione con gli altri. Era già mattina inoltrata, ma non mi importava nulla dell'ora in questo momento.

Mi bloccai per un attimo quando entrai in cucina. Leila era lì. Sembrava stanca, ma era ancora la donna più bella che avessi mai visto. Il mio cuore batteva forte e il mio lupo voleva uscire. Gli ricordai: "presto." Non potevo ancora andare da lei. Prima bisognava sistemare le cose con Jane. Non sarebbe stato giusto fare le cose al contrario. Leila mi stava fissando. Come avrei voluto accarezzare quelle sue belle guance. Mi passai una mano tra i capelli e mi diressi a prendere un piatto.

Jane fece cenno di avvicinarsi a me, ma io cambiai strada nel modo più naturale possibile. Non potevo sopportare di baciarla in questo momento e non volevo parlarle davanti a tutti. Sapevo che l'avrei ferita. Sapevo che mi amava. Pensavo di poterla amare a mia volta, ma ora sapevo che era impossibile. Sarebbe stata la mia migliore amica, come tutti questi anni, o almeno speravo che lo fosse ancora. Ma non potevo tenerla come compagna.

Mi sedetti e Jane si sedette accanto a me. Sapeva che avevo evitato il suo abbraccio, ma non lo dava a vedere. Proprio mentre iniziavo a mangiare, la porta della casa del branco si aprì. Damien e Blake entrarono di corsa.

"Will, dobbiamo parlarti subito!"

Mi alzai in piedi. Se irrompevano nella stanza in quel modo, significava che era successo qualcosa. Prima ancora che avessi il tempo di aprire bocca, Ravynne chiese: "Riguarda Eurynomos"?

Damien e Blake si bloccarono e mi guardarono. Di solito nessuno parlava prima che l'Alfa desse il proprio consenso. Sapevo anche che Ravynne era il capo supremo del branco. Annuii a Damien e Blake.

Damien finalmente le parlò: "Posso sapere con chi sto parlando?"

"Io sono Ravynne, capobranco delle Mani del Destino."

Damien si accigliò.

"Il branco delle Mani del Destino? Non ne ho mai sentito parlare."

"Siamo un antico branco di licantropi e streghe."

A quella parola aggrottai le sopracciglia.

"Streghe?" Chiesi.

Ravynne sorrise: "Sì, mio Alfa. Pensavo che lo sapessi."

Era la prima volta che sentivo che erano streghe. Sapevo di non aver percepito una lupa in Ravynne quando erano arrivate per la prima volta. Lo stesso valeva per Skye. L'unica che aveva una lupa era Leila. Pensavo che fossero semplicemente umane, come gli altri membri del mio branco.

Ma sapere che erano streghe mi poneva dei dubbi. Tuttavia, avevo visto il colore delle loro anime. Quelle di Ravynne e di Leila erano candide. Sapevo di potermi fidare di loro. Per quanto riguarda Skye, beh... era un po' più complicato. Non riuscivo bene a interpretare la sua anima. Solitamente le anime erano bianche o nere. Ma la sua era grigia e non sapevo cosa significasse. Preferivo rimanere cauto nei suoi confronti.

"Damien", iniziai. "Queste tre donne sono venute a chiedere il nostro aiuto per combattere Eurynomos. Sostengono che un fetore immondo si sta diffondendo nelle loro terre. Credono che possa provenire da una porta degli inferi."

Gli occhi di Blake erano spalancati. Damien imprecò.

"Quindi, sembra che sia iniziato."

"Parliamone qui, visto che comunque tutti sono preoccupati", intervenni io.

I due vampiri annuirono.

"Tua sorella Bianca ha finalmente scoperto la causa della malattia di tuo padre."

A quelle parole trattenni il fiato. Finalmente qualcosa di incoraggiante. Avevo visto mio padre deperire per due anni senza poter fare nulla.

"Qual è? Cosa posso fare?"

"È Eurynomos. Sta prosciugando l'energia vitale di tuo padre."

Colpii il tavolo con un pugno.

"Maledetto demone! Non c'è niente che possiamo fare?"

"Elwin sta lavorando a una pozione per cercare di guarirlo. Arius è andato nelle terre degli elfi della Luna per recuperare un fiore molto potente, nella speranza che lo salvi."

Chinai il capo ed espirai. Almeno c'era ancora speranza.

"Se posso", interruppe Ravynne. "Beh, se me lo permetti, Alfa Will. Leila e io potremmo lanciare un incantesimo di protezione su tuo padre. Non so se potrebbe funzionare su una maledizione già attiva, ma certo non peggiorerà le cose."

A questo punto non avevo nulla da perdere. "Va bene, procedete, ma prima, Damien, cosa intendevi quando hai detto che era iniziato?"

"Sì, anche Bianca aveva sentito il demone dire che aveva aperto una breccia nel portale principale. Presto, quando il sigillo sarà rotto, potrà venire nel nostro mondo e reclamare tutto. Ma nel frattempo ha iniziato a generare portali ovunque per il suo esercito per iniziare l'invasione."

La rivelazione mi fece ribollire. Quindi, la guerra era iniziata. Dovevamo difenderci.

"Allora raggiungiamo uno di questi portali, entriamo e affrontiamolo subito!"

Damien scosse la testa. "Non possiamo. Quelli sono portali di uscita. C'è solo un'entrata nel mondo sotterraneo, e non abbiamo ancora scoperto dove si trova."

"E allora cosa dovremmo fare?" gridai.

"Bianca dice che dobbiamo spezzare la sua maledizione. In quanto figlia della dea della Luna, è lei che dovrebbe occuparsi del demone."

A quelle parole, Leila e Ravynne si misero le mani sulla bocca. Sospirai. Immagino che avessimo molto da discutere.

"Mangiamo. Vi spiegherò tutto. Dopo decideremo il da farsi."

Damien e Blake non avevano fame. Si sedettero e ascoltarono la conversazione, intervenendo quando necessario. Spiegai ai nostri ospiti che mia sorella era figlia della dea della Luna. Parlammo della sua maledizione e di mio padre.

Ravynne ci spiegò che i loro antenati erano streghe e licantropi. Alcuni membri del loro branco erano nati sia con i poteri delle streghe che con quelli dei lupi, come Leila. Altri erano nati solo con un potere o addirittura senza alcun potere, come ad esempio Skye.

Dopo aver mangiato, andai nella stanza di mio padre con Leila e Ravynne. Il mio cuore batteva forte per la sua vicinanza.

Aprii la porta e vidi che mia madre era al suo fianco, come sempre. Aveva uno sguardo curioso quando notò le due donne che mi accompagnavano.

Le dissi: "Madre, queste sono Ravynne e Leila. Sono streghe e faranno un incantesimo di protezione su papà." Poi aggiunsi: "Se per te va bene."

Io potevo essere l'Alfa, ma lei era ancora mia madre e mio padre era il suo compagno. Aveva il diritto di decidere ciò che riteneva meglio per lui. Sarebbe stato devastante se gli fosse successo qualcosa. Ma sarebbe stata lei a soffrire per la rottura del legame di coppia.

Sarah si alzò dalla sedia e si avvicinò. Esaminò Ravynne e Leila, poi venne da me.

"Va bene, possono procedere. Io vado ad aspettare in salotto."

Annuii. "Damien è qui, se vuoi vederlo."

Sorrise; sapevo che le piaceva suo genero. Ancora di più ora che sapeva che avrebbe avuto un nipotino tra pochi mesi."

Quando mia madre se ne andò, Ravynne e Leila si misero ai lati del letto di mio padre. Io rimasi vicino alla porta per osservare. Non riuscivo ancora a capacitarmi del fatto che Leila fosse una strega licantropa. Ero così fortunato ad avere una compagna così straordinaria! Ero curioso di vedere la portata dei suoi poteri. Guardai in silenzio mentre univano le mani sul letto di mio padre. Iniziarono a recitare parole che non capivo. Ben presto, un bagliore bianco circondò il letto. Sentivo un vento caldo che soffiava dolcemente. Ravynne e Leila avevano chiuso gli occhi, ma stavano ancora unendo le mani, recitando le parole ancora con maggior forza. I loro capelli fluttuavano con il vento. Era davvero uno spettacolo magnifico.

Il vento si fermò nello stesso momento in cui terminarono di pronunciare quelle parole. Non riuscivo a distogliere lo sguardo da Leila. Aprì gli occhi e vide che la stavo fissando. Cercai di guardare altrove, ma era troppo tardi. Sorrise e io non potei fare altro che ricambiare il sorriso, sapendo che sapeva cosa provavo, perché lo provava anche lei. Anche se non immaginava cosa avessi intenzione di fare, e io ero ansioso di dirglielo.

Ravynne venne verso di me. "Abbiamo fatto."

Le presi le mani tra le mie. "Hai la mia gratitudine, Ravynne."

Lei chinò leggermente il capo e uscimmo dalla stanza.

Quando raggiungemmo gli altri in salotto, erano tutti in silenzio.

"Cosa sta succedendo?" Chiesi.

Blake si girò verso di me. "Bianca ha scoperto come rompere la sua maledizione."

Ero felicissimo di quella notizia. "Davvero? Come?"

Damien parlò: "L'ha trovato in un vecchio libro. È un indovinello. Ascolta. *Pour réparer un péché, commis il y a des centaines d'années. Une île flottante, au milieu d'une tempête foudroyante. L'épée sacrée devra être retrouvée. Et un trésor adoré devra être sacrifié.*"

Mi accigliai. "Che diavolo è?"

Damien scrollò le spalle. "Non è inglese, per quanto ne so."

Leila aggiunse: "Non è nemmeno spagnolo."

"E neanche latino", aggiunse Blake.

Ravynne stava pensando intensamente. "Credo che sia francese, in realtà."

"Francese?" ripetei.

"Sì, i nostri antenati parlavano francese. Me ne hanno insegnato un po' quando ero piccola. Anche se è passato un po' di tempo, credo che quello che dice in sostanza sia: Per rimediare a un peccato commesso secoli fa. Un'isola galleggiante, nel mezzo di una tempesta fragorosa. Bisogna trovare una spada sacra. E..." si portò la mano alla bocca, senza più parlare.

"E cosa?" Chiese Damien.

"E un adorato tesoro dovrà essere sacrificato...", concluse in un sussurro.

"Che cosa significa?" chiesi.

Tutti mi guardarono, ma nessuno ebbe una risposta.

Camminai avanti e indietro per il soggiorno, riascoltando le parole nella mia mente. Era una cosa stupida. Finalmente avevamo trovato un modo per spezzare la maledizione, ma era un indovinello.

"Se solo potessimo trovare qualcuno che ci aiuti, qualcuno che sia dotato di un grande sapere", disse Blake.

Aveva ragione. Tutti riflettevamo concentrati, ma nessuno riusciva a trovare nulla. Era giunto il momento di chiedere aiuto a qualcun altro. Ma a chi? Tutti al castello dovevano essere già alla ricerca. L'unica persona che mi veniva in mente era... Ayanna! Giusto! Era vissuta per molti secoli, sapeva cose che nessun altro poteva capire. Forse ci avrebbe potuto aiutare.

"Andiamo a incontrare Ayanna, la regina delle ninfe Melian", dichiarai.

Blake rise. "Non ho mai visto una regina ninfa Melian in tutta la mia vita, ma questa mi sembra l'idea migliore che qualcuno abbia avuto finora."

"Allora è deciso. Immagino che questo significhi che Leila, Ravynne, Skye, Damien, Blake e io ce ne andremo ora."

"Perfetto!" esclamò Damien. Blake e lui uscirono dalla casa del branco. Ravynne e Skye non erano molto distanti da loro.

Leila si avvicinò a me. Sentii subito il cuore battere più forte. Il mio lupo continuava a gridare: "compagna."

Lei chiese con voce flebile: "Sei proprio sicuro dei vampiri?"

"Damien e Blake? Certo! Perché?"

"Sei certo che ci si possa fidare di loro?"

Sorrisi. Essendo un licantropo, ovviamente, diffidava dei vampiri. Ma avevo visto cosa potevano fare in battaglia. Damien aveva salvato la vita di mia sorella e aveva persino sacrificato la sua per proteggere la mia famiglia.

Era il compagno di mia sorella e il padre del loro bambino.

"Affiderei la mia vita a loro."

Sembrava soddisfatta della mia risposta. Prima che se ne andasse, chiesi: "Sei sicura di Skye?"

Leila si accigliò e si portò le mani al petto.

"Cosa vuoi dire? È la mia migliore amica."

"Beh... io ho questo dono. Vedo il colore dell'anima delle persone. Ebbene... l'anima di Skye è grigia."

Ora aveva un'espressione incredula.

"Tu puoi vedere le anime e l'anima della mia migliore amica è grigia?"

"Ti prego Leila, so che sembra assurdo, ma puoi fidarti di me?"

Sospirò. Sapevo che con il legame di coppia si sarebbe fidata di me. Voglio dire, la sua lupa la starà praticamente implorando di fidarsi di me... e probabilmente implorerà anche di vedere il mio lupo e un sacco di altre cose. Non sapevo nemmeno come facevo a tenere a freno il mio di lupo.

"Va bene Will. Ma devi sapere che mi fido anche della mia migliore amica. È come una sorella per me. La conosco da sempre."

Annuii; non potevo contraddirla. Conosceva questa ragazza da sempre. E conosceva me solo da poche settimane, e beh... finora non ero stato il massimo per lei. Era naturale che si fidasse della sua migliore amica.

Il mio lupo mi stava distraendo. L'unica cosa che volevo fare adesso era prenderla tra le braccia e baciarla. Come avrei voluto dirglielo ancora, ma mi limitai a rispondere: "Va bene, la conosci più di me."

Lei sembrò felice e iniziò a camminare verso la porta. Vedendo che non la seguivo, si girò e mi chiese: "Vieni"?

"Tra un minuto, prima devo fare una cosa."

Annuì ed uscì. Feci un grosso sospiro. Sapevo cosa bisognava fare. Non ero nemmeno sicuro di trovare le parole giuste. Ma era il momento di farlo.

*********** POV: Leila ***********

I raggi del sole mi riscaldavano la pelle mentre uscivo dalla casa del branco. Mi sentivo stanca perché la notte scorsa non avevo dormito. Dovevo evitare di vagare per la casa di notte.

Volevo solo andare a cercarlo. Ma nel complesso, stavo gestendo abbastanza bene l'intera situazione ed ero piuttosto orgogliosa di me stessa. Mi chiesi come sarebbero stati i giorni successivi. Non mi aspettavo di fare un viaggio con lui. Ma, con mia grande sorpresa, la mia lupa si sentiva meglio ora che ero più vicina a lui. La tranquillizzava avere il suo compagno al suo fianco, anche se lui aveva la sua Luna... Quanto mi piaceva vedere il suo sorriso, dopo che avevamo lanciato l'incantesimo su suo padre. Il modo in cui mi guardava. Se non sapessi che aveva una Luna, potrei quasi credere di piacergli. Di sicuro, anche lui percepiva il legame di coppia. Immagino che dovremo discutere di un po' di cose se avremo del tempo per stare da soli. Decisi quindi di allontanare questi pensieri e di godermi il presente.

"Perché pensi che ci stia mettendo così tanto?" domandò Skye.

Scrollai le spalle: "Dovrà occuparsi di qualche faccenda da Alfa."

"Forse ha bisogno di baciare la sua Luna prima di partire?", mi prese in giro. "O forse ha bisogno di metterla incinta di un po' di cuccioli prima di partire."

A quel pensiero mi sfuggì un ringhio dal petto. Era un ringhio basso, troppo basso perché gli umani potessero sentirlo. Mia nonna e Skye non lo sentirono. Ma i vampiri girarono la testa verso di me. Li ignorai.

"Volete smetterla?" gridai, irritata.

"Che c'è? Me li immagino benissimo", rise e cominciò a scimmiottare la scena baciando e abbracciando l'aria.

Alzai gli occhi al cielo e sospirai. Skye poteva essere così immatura a volte! Tuttavia, non potevo fare a meno di chiedermi se avesse ragione. Sarebbe stato così arrogante da fare l'amore con lei prima di partire? Sapendo che lo stavamo aspettando? Sembrava che prima si stesse aprendo con me. Avevo sognato tutto? Mi sentivo così confusa in questo momento. Mia nonna e Skye non sapevano che lui era il mio compagno. Sapevo che Skye non lo faceva apposta. Comunque mi infastidiva e non potevo aiutare la mia lupa. Continuava a ringhiare. Il pensiero che il mio compagno baciasse questa Luna, che facesse l'amore con lei, era troppo per me da sopportare.

Blake si voltò e si avvicinò a me per vedere se andava tutto bene. Non avevo molta voglia di parlare con qualcuno del motivo per cui la mia lupa ringhiava in quel modo.

"Va tutto bene?"

Sentii la voce di Will alle mie spalle e la mia lupa si calmò immediatamente. Le mie spalle si rilassarono.

"Va tutto bene", risposi. Mi voltai verso di lui, ma aveva un'espressione severa. Cercai di decifrare il suo sguardo, di capire cosa stesse succedendo, ma non ci riuscii. Mi chiesi che cosa fosse accaduto per renderlo così.

Sua madre uscì dalla casa per salutarci. Non vedevo Luna da nessuna parte. Bene, tanto non volevo vederla.

"Dove abita Ayanna?" chiese mia nonna.

"A nord-est", rispose Will. "Sarà meglio prendere la macchina."

"Non so guidare", rispose mia nonna.

Will sollevò un sopracciglio all'affermazione di mia nonna.

"Viviamo isolati dagli umani il più possibile. Ci piace essere in armonia con la foresta e contare su noi stessi. Non ho mai avuto bisogno di imparare a guidare un'auto", spiegò la donna.

"Va bene, io so guidare", rispose Will.

"Anch'io", aggiunse Damien.

"Leila, puoi venire con me", disse Will. "Gli altri possono salire sulla macchina grigia laggiù. Ha cinque posti."

Arrossii al pensiero di rimanere sola con Will. Il mio cuore batteva forte al solo pensiero. So che probabilmente non avrei dovuto, voglio dire, lui aveva una Luna. Ma avevo la sensazione che l'avesse fatto apposta per far salire gli altri su una seconda macchina e farmi rimanere sola con lui. La mia lupa scodinzolava e non potevo fare a meno di sentirmi felice a quel pensiero.

"Non esiste che io lasci la mia migliore amica da sola", gridò Skye.

Feci una smorfia a quelle parole. Perché doveva dirlo? So che non le avevo raccontato che Will era il mio compagno, ma non poteva lasciarmi in pace per due minuti?

"Non c'è problema. Non mi dispiace andare da sola." Cercai di sorridere, sperando che capisse l'antifona.

Damien sorrise alle sue spalle, ma Skye sembrava non capire. Non mi ero mai resa conto di quanto fosse ottusa prima di oggi.

"Sto arrivando, e questo è quanto!", disse una Skye molto motivata.

Prima ancora che Will potesse dire qualcosa, lei era già seduta sul sedile posteriore della sua auto. Abbassò il finestrino e gridò: "Andiamo?"

Mia nonna alzò gli occhi al cielo esasperata. Damien e Blake ridevano accanto a lei. Sembrava che a Will stesse per scoppiare una vena del viso. Nonostante avrei preferito rimanere sola con lui, sapevo che Skye lo faceva solo perché mi amava.

Sorrisi a Will, cercando di allentare la tensione.

"Immagino che saremo in tre in macchina."

Will si rilassò e sorrise un po'. Era così bello che pensavo che mi sarei potuta sciogliere.

"Almeno siediti davanti, così non sono solo mentre guido."

"D'accordo", risposi sorridendo.

Mi voltai per andare verso la macchina. Will aveva già aperto la portiera e stava aspettando che prendessi posto sul sedile del passeggero.

Non sapevo quanto tempo sarebbe durato il viaggio, ma sapevo che la mia lupa se lo stava già godendo. Mi mise delicatamente una mano sulla schiena mentre entravo in macchina. Potevo sentire il calore del suo corpo e il suo profumo seducente mentre mi sedevo.

Capitolo 10 (Leila)

Ayanna

Viaggiammo per alcune ore e Skye parlò per tutto il tempo. Molte volte ebbi la sensazione che Will avrebbe voluto dirmi qualcosa, ma non ci riuscì. Anche nei rari momenti di silenzio, quando Will cercava di parlare, Skye iniziava a parlare sopra di lui e lo interrompeva. Potevo vedere la frustrazione nei suoi occhi. Non riuscii a trattenermi dal ridacchiare quando Will sgranò gli occhi di fronte a una delle incredibili storie di Skye.

A un certo punto, i miei occhi incontrarono quelli di Will mentre guardava verso di me. In qualche modo, sentii che il suo sguardo era pieno di emozioni, di tanti pensieri non detti. Percepivo quanto fosse infastidito dal fatto che non fossimo soli. Era anche triste e spaventato da qualcosa. Avevo davvero la sensazione che desiderasse parlare con me. Notai che il suo atteggiamento era diverso da quando l'avevo conosciuto e mi chiesi cosa fosse cambiato. Ero ancora risentita per il modo in cui mi aveva parlato la prima volta che ci eravamo incontrati. Ma la mia lupa non mi permetteva di essere arrabbiata con lui, anche se lo avrei voluto. Era solo felice di stare con il suo compagno e voleva aiutarlo a essere più felice.

Non riuscii a trattenermi. Gli afferrai la mano che era sul cambio e gliela strinsi. Il suo cipiglio scomparve immediatamente dal suo volto. Era così bello quando sorrideva.

Pensai tra me e me. "Non preoccuparti, parleremo più tardi." I suoi occhi si illuminarono e capii che mi aveva sentito. Proprio come l'altro giorno, quando eravamo nella nostra forma di lupo. Ma non doveva essere possibile finché il legame di coppia non fosse stato più forte.

"Come hai fatto?", chiese ad alta voce.

Cercai di concentrarmi, di parlargli di nuovo con la mente, ma non ci riuscii. Con la stessa rapidità con cui era successo, era sparito. Scrollai le spalle e risposi ad alta voce: "Non ne ho idea."

"Non hai idea di come ho fatto?" Skye chiese da dietro. "Andiamo Leila! Tu eri lì! Immagino che dovrò raccontarti tutto di nuovo!"

Pensava che stessimo parlando di lei. Senza aspettare la risposta, continuò con qualche strana spiegazione. Will alzò gli occhi al cielo e riportò l'attenzione sulla strada da percorrere. Non riuscii a trattenermi e ridacchiai. Guardai fuori, cercando di ignorare Skye. Eravamo circondati da campi di grano su ogni lato della strada. Dopo un po', i campi di grano lasciarono il posto alla foresta. Will parcheggiò l'auto davanti a un grande bosco di frassini. Pochi secondi dopo, l'altra macchina parcheggiò accanto alla nostra.

Uscimmo dall'auto e Skye stava ancora vaneggiando. Damien, Blake e mia nonna uscirono dall'altra macchina. Sorridevano e parlavano insieme.

"La prossima volta, lei viene con voi!" Will disse a Damien e Blake, indicando Skye.

Entrambi risero mentre Skye protestava: "Ehi! Perché? Che cosa ho fatto?"

Non le rispose e si diresse verso Damien e Blake. Mia nonna si avvicinò a me. Sorrideva.

"Beh, sembra che vi siate divertiti molto."

"Sì, ho conosciuto meglio Damien e Blake. Avevo molte domande sui vampiri e loro sono stati felici di rispondere."

"Sono felice di sapere che ti piacciono."

Lo ero davvero! Il fatto che mia nonna si fidasse di quei vampiri significava che anche io potevo fidarmi di loro. Voglio dire, so che Will mi aveva detto che si sarebbe fidato ciecamente di loro. Ma mia nonna mi aveva cresciuta, quindi la sua opinione era ancora più importante per me. Anche se era il mio compagno.

"Avevano anche molte domande sulle streghe", aggiunse.

Will parlò abbastanza forte da farsi sentire da tutti: "Bene! Dirigiamoci verso il boschetto sacro della ninfa."

Cominciò a camminare nel bosco e noi lo seguimmo. Non potevo fare a meno di guardare il suo sedere mentre camminava. La mia lupa lo desiderava così tanto!

Il bosco era bellissimo. Anche se molte foglie erano già cadute, ne rimanevano alcune. Il sole si stava già abbassando nel cielo. Si potevano vedere le fate volare tra le felci e le piante. Per un attimo mi chiesi cosa facessero le fate quando arrivava l'inverno. Si nascondevano in una casetta? Non mi aspettavo che fossero qui, visto che era già autunno inoltrato. Pensavo che sarebbero fuggite, come le farfalle.

Presto arrivammo a un albero molto alto. Cercai di vederne la cima, ma sembrava non finire mai.

Will si avvicinò al mio fianco. "Impressionante, vero?

Annuii.

"Anch'io sono rimasto impressionato la prima volta che sono venuto qui. È l'Albero della Vita", mi spiegò.

"Come può essere ancora pieno di fiori? È autunno.”

"L'Albero della Vita è sempre in fiore", rispose Will.

"Ti sei ricordato", disse una voce femminile che non riconobbi.

Mi girai e vidi una donna alta in piedi. Non avevo mai visto una persona come lei e rimasi stupito da ciò che stavo vedendo. Al posto delle gambe, sembrava che la sua parte inferiore del corpo fosse composta da radici d'albero. Le radici arrivavano fino al busto. Sembrava umana dal busto in su. Radici e foglie le facevano da bikini. Aveva orecchie da elfo, ma a parte questo, il suo viso aggraziato era quello di una donna. I suoi capelli erano lunghi e composti da liane e viti con fiori che sbocciavano al loro interno.

Will chinò leggermente il capo.

"Ayanna, è un piacere rivederti.”

Sorrise. "Anche per me lo è. Sembra che tu abbia portato un bel po' di amici.”

Will rise. "Sì, cerchiamo il tuo aiuto.”

"Si sta già facendo buio. Dovrete fermarvi per la notte. Seguitemi", disse lei.

La seguimmo tutti fino a una radura nel bosco. Nella radura c'erano alcune capanne. Al centro vi era un focolare. Damien e Blake si stavano già preparando ad accendere il fuoco. Ci sedemmo tutti su tronchi di legno intorno al fuoco, insieme ad Ayanna e ad alcune altre ninfe. Will aveva portato un pranzo da condividere. Mangiammo insieme mentre parlavamo con Ayanna. Sembrava avere una vasta conoscenza, quindi speravo che sarebbe stata in grado di aiutarci con l'indovinello.

Damien le recitò l'indovinello. Non c'era bisogno di tradurlo, perché lei parlava molte lingue e capiva il significato.

“Un'isola galleggiante nel mezzo di una tempesta fragorosa. Una spada sacra.” Rifletté un po'. "Credo che tu debba andare sull'isola di Delos.”

"L'isola di Delos?" ripetei.

"Sì, secondo le leggende, l'isola è protetta dal drago Kholkikos. Egli sorveglia l'isola facendola fluttuare in alto nell'aria con il suo respiro e impedisce a chiunque di entrare creando una tempesta permanente su tutta l'isola.”

“Sembra proprio un'isola galleggiante con una tempesta fragorosa", affermò Will.

"Perché dovremmo andarci?" chiesi.

"Sull'isola di Delos dovreste trovare il boschetto sacro di Ares. Credo che lì troverete la spada sacra."

Tutti rimasero seduti in silenzio, riflettendo su ciò che Ayanna ci aveva appena detto. Mi chiesi come avremmo fatto a raggiungere un'isola galleggiante protetta da una tempesta. Non sarebbe stato un compito facile.

"Potremmo volare lassù", propose Blake.

Will scosse la testa. "Dobbiamo arrivare tutti lì. Inoltre, passare attraverso una tempesta prodotta da un drago. Sembra un'impresa difficile, anche per un vampiro."

Blake abbassò le mani. "Accidenti, hai ragione."

"Perché non la smettiamo per stanotte? Domani troveremo sicuramente una soluzione", suggerì Will. Tutti sembrarono d'accordo.

Blake prese alcune bevande da una borsa che aveva portato con sé. Damien e Blake bevvero del vino di sangue, mentre gli altri preferirono bevande che non contenevano sangue. Intorno a me la gente rideva. Skye aveva bevuto qualche birra e stava discutendo con Blake sul fatto che i licantropi fossero meglio dei vampiri. Damien stava parlando delle tradizioni dei vampiri con mia nonna. Will stava parlando con Ayanna. Io ero semplicemente felice, godendomi il fuoco e ascoltando tutti gli altri.

A un certo punto, Ayanna venne a chiedere di parlare da sola con mia nonna. Si allontanarono e raggiunsero una capanna.

Guardai Will che si alzava per raccogliere della legna da ardere e ammucchiarla accanto al fuoco. I suoi muscoli trasparivano dalla camicia. La mia lupa stava sbavando, ma cercai di non darlo a vedere.

"Sembra carino", disse Skye, che ora era seduta al mio fianco.

La mia lupa ringhiò a bassa voce, ma lei non la sentì e tutti erano troppo occupati per notarlo.

"Non proprio", mentii.

Skye scrollò le spalle. "Beh, comunque ha già una Luna."

Che diavolo di problema aveva? Sapevo che probabilmente era ubriaca, ma comunque... Mi stava dando molto fastidio in questo momento! Dovetti lottare contro la mia lupa che voleva scagliarsi contro di lei.

"Beh, io mi ritiro per la notte", dichiarò Damien, mentre entrava nella sua capanna per andare a dormire.

"Ehi! Skye, vieni qui!", chiamò Blake.

"Certo", rispose lei sorridendo.

In un attimo si allontanò con Blake. L'assenza di Skye fece stare meglio la mia lupa. Giuro che da un giorno o due la mia migliore amica mi stava dando fastidio. Non capivo davvero da dove arrivasse tutto questo.

"Questo posto è occupato?"

Riconobbi subito la sua voce, con il cuore che mi batteva nel petto. Mi guardai intorno e mi resi conto che Blake e Skye se n'erano andati, lasciandomi sola con Will.

Il mio cuore ebbe un sussulto quando si sedette accanto a me, abbastanza vicino da far toccare le nostre spalle. Mi guardava con un sorriso che poteva sciogliermi. Volevo essere forte, ricordare a me stessa come mi aveva trattato. Ma il mio cuore batteva forte per lui, e la mia lupa lo desiderava così tanto.

************ POV: Will ************

Il mio cuore batteva così forte che pensavo sarebbe uscito dal petto. Ero così nervoso per vedere come sarebbe andata. Avevo buttato via tutto per lei. Speravo solo che andasse tutto liscio. Era così bella, anche stasera alla luce del fuoco.

Non sapevo bene come iniziare. Decisi di fare come mi ero ripetuto tante volte nella mia mente.

"Leila, c'è qualcosa che devo dirti."

Mi guardò con i suoi bellissimi occhi marroni. Avevo le mani sudate e la bocca asciutta.

"Ascolta, volevo dirti. Beh, lo sai. Di quando ci siamo conosciuti. Quello che sto cercando di dire è che... mi dispiace."

Mi sentivo così stupido, era come se non riuscissi a formulare una frase sensata e tutte le parole uscissero sbagliate. Lei rimase lì, senza dire nulla, a fissarmi.

Continuai: "Il modo in cui ti ho parlato. Il modo in cui mi sono comportato con te. Non è stato giusto. E mi dispiace davvero."

La guardai, cercando di leggere qualche reazione da parte sua. Sembrava sorpresa, ma non riuscii a distinguere altro.

"Beh, tanto hai già una Luna", disse freddamente.

Il modo in cui lo disse mi fece male dentro. Credo che sia stato quello che le ho fatto, quindi me lo ero meritato. Ma avevo bisogno che capisse.

"Ascolta, stavo solo cercando di proteggermi. Stavo cercando di rimanere fedele ai miei doveri. Il fatto è che... è stato stupido. E poi, non ho più una Luna."

Leila sollevò un sopracciglio. "Davvero? Com'è possibile?"

"L'ho lasciata prima di partire, oggi stesso. Non potevo continuare a mentire a me stesso. Lei resterà la Luna del branco, almeno per ora. È in grado di prendere le decisioni mentre io non ci sono. Ma non è più la mia compagna. Quando torneremo, penserò al da farsi."

Leila si accigliò. "Cosa ti fa pensare che prenderò il suo posto?"

Non potevo credere alla sua domanda. "Sei la mia compagna!"

"Non ti sei comportato come tale da quando ci siamo conosciuti. Ti sei comportato più come uno stronzo."

Questo mi fece più male di quanto mi aspettassi. Avevo tanta paura di perderla. Non sapevo cosa avrei fatto se mi avesse rifiutato.

"Lo so... Come ho detto, mi dispiace."

Leila incrociò le braccia. "Beh, non è perché ti dispiace che verrò a letto con te."

Sospirai; non stava andando come speravo.

"Ti prego Leila, ti prego, dammi la possibilità di ricominciare una seconda volta. Pensavo di dover fare tutte quelle scelte a causa delle mie responsabilità come Alfa. Ho pensato tante cose... Ma ho sbagliato tutto. E ho capito che tu sei molto più importante di quanto pensassi. Sei la mia compagna e non posso...."

Mi fermai; le parole mi si bloccarono in gola. Era una cosa così importante e difficile da ammettere. Leila mi fissava.

"Dillo. Voglio sentirtelo dire."

Chiusi gli occhi e feci un grosso respiro.

"Va bene. Non posso vivere senza di te. Ho bisogno di te come dell'aria che respiro. Stare lontano da te mi fa impazzire. Dammi solo la possibilità di dimostrare che sono un compagno degno di questo nome."

Sorrise. La sua bellezza, quando lei sorrideva, poteva rivaleggiare con quella delle stelle nel cielo.

"Hmm... Vedremo." Fece l'occhiolino. "Sarà meglio che tu faccia il bravo."

La sua risposta mi sollevò.

"Possiamo almeno guardare le stelle e parlare?"

Annuì e finalmente mi permisi di avvicinarmi a lei. Le passai un braccio intorno alla spalla e lei appoggiò la testa sulla mia. Sentivo il suo respiro caldo sul collo, che mi faceva rabbrividire.

Parlammo per non so quanto tempo. A un certo punto mi sentii molto stanco. Avevo gli occhi asciutti. Ma non volevo ancora addormentarmi. Il fuoco era spento da tempo e le braci non davano quasi più calore. Volevo che questo momento durasse per sempre. Il mio lupo era felice di poter finalmente stringere tra le braccia la sua compagna.

"Forse dovremmo andare a dormire. Domani abbiamo una giornata importante", mi sussurrò Leila all'orecchio.

"Ok, hai ragione", risposi con riluttanza.

Lei si avvicinò a me, avvicinando le sue labbra alle mie. Quanto avevo desiderato quel bacio! Le afferrai il fianco con un braccio, tirandola contro di me. Le sue labbra si separarono mentre le nostre lingue danzavano insieme. Il mio cuore batteva forte, per poter finalmente baciare la donna che amavo. Aveva un sapore così buono. Non avrei mai voluto che tutto questo finisse. Alla fine interrompemmo il bacio.

"So che sembra assurdo, ma ti amo così tanto, Leila."

Lei sorrise. "Non sembra una follia."

"Immagino che questa sia la buonanotte?" Chiesi.

Lei rise. "Sì, lo è." Mi fece l'occhiolino e si avviò verso la sua capanna.

La seguii con lo sguardo, assicurandomi che entrasse. Poi mi diressi verso la mia capanna. Ero così stanco per non aver dormito la notte precedente. Mi sdraiai e pensai a lei per l'ultima volta. Ricordavo il suo profumo seducente, la dolcezza delle sue labbra e il suo sapore perfetto. Mi mancava già il calore del suo corpo contro il mio. Ricordai ogni parte del suo bellissimo viso, la sua pelle morbida e il modo in cui il suo respiro sfiorava la mia pelle. Solo allora riuscii a lasciarmi trasportare dal sonno.

************ POV: Leila ************

La notte scorsa ho fatto dei sogni meravigliosi. Ricordavo ancora il suo profumo unico, il suo sapore. L'ho sognato tutta la notte. Ci ha messo un po', ma forse la mia lupa aveva ragione su di lui. Speravo solo che rimanesse fedele alla sua parola. Avevo paura di essere ferita di nuovo. Ma ero pronta a dargli una possibilità.

Uscii dalla mia capanna e incontrai Skye.

"Ehi, sembra che tu sia di buon umore stamattina", disse sorridendo.

Le sorrisi a mia volta. "Hai ragione. Ho passato una notte meravigliosa."

Smisi di parlare quando fui attratto da un profumino delizioso. Girai la testa di lato per vedere Will che aiutava Ayanna e Ravynne a preparare la colazione. Anche Damien cercò di aiutare, ma finì per rovesciare un secchio d'acqua addosso a Will. Tutti risero, tranne Will, che era ormai fradicio.

Anche io e Skye non potemmo fare a meno di ridacchiare da lontano.

Will si tolse la maglietta bagnata, rivelando il suo petto muscoloso. Quasi smisi di respirare alla sua vista. Era così perfetto! La mia lupa mi implorava di raggiungerlo. Alzò lo sguardo e vide che lo fissavo. Mi sorrise e pensai che fosse semplicemente irresistibile. Speravo solo di non sbavare troppo. Si girò per andare a prendere una maglietta asciutta nella sua capanna.

Stavo ancora cercando di togliermi la sua immagine dalla testa quando Skye esclamò: "Beh, quell'uomo è davvero notevole."

Per un momento, volevo quasi dirle di stare alla larga dal mio uomo. Ma poi mi ricordai che non sapeva che lui fosse il mio compagno. Ho pensato che forse fosse giunto il momento di dirglielo.

"Lo è di sicuro", iniziai. Ma prima ancora di poter continuare, Skye mi interruppe.

"Peccato che non sia interessato a te."

La guardai irritata. Come si permetteva di dire una cosa del genere!

"Cosa ti fa pensare che non lo sia?" Chiesi. Ero piuttosto infastidita.

"Beh, per cominciare, ha già una Luna."

"Non ce l'ha più."

Skye mi guardò, sorpresa. "Come fai a essere così sicura?"

"Perché me l'ha detto, ed è il mio compagno."

Gli occhi di Skye si allargarono, poi scoppiò a ridere.

"Oh, Dio! Leila! Sei la più divertente! Come se potesse essere vero!"

La guardai incredula. Com'era possibile che la mia migliore amica non si fidasse di me? Come poteva ridere in quel modo? Mi sentivo piuttosto offesa e cominciai a mettere in discussione tutto ciò che sapevo di lei.

Stavo per dirle una parte dei miei pensieri, quando fui interrotta da un profumo sexy che proveniva alle mie spalle.

"Signore care, vi va di unirvi a noi per la colazione?"

Sorrisi e mi girai di fronte a Will, che ora indossava abiti asciutti. Potevo vedere lo spettacolo dei suoi muscoli sotto la camicia. Mi guardava con un sorriso sexy.

"Dipende. Cosa offre il menu?" chiesi, sorridendo. Anche lui sorrise di rimando e mi afferrò i fianchi, tirandomi più vicino a sé.

Subito dopo, le sue labbra erano sulle mie. Mentre ci baciavamo gli misi le mani sulle spalle, tirandolo ancora più vicino a me. Solo quando sentii il calore del suo petto e delle sue braccia che mi circondavano, la mia lupa fu soddisfatta. Il tempo sembrava essersi fermato mentre ci baciavamo, e speravo che non riprendesse mai più a scorrere.

Quando finalmente ci fermammo per respirare, girai la testa per guardare l'espressione di Skye, ma lei se n'era già andata. Will mi teneva ancora stretta.

"Credo che sia andata dagli altri", disse.

Sinceramente, non me ne poteva importare di meno di quello che pensava.

"Credo che dovremmo fare colazione anche noi", suggerii.

Will annuì e ci incamminammo insieme, mano nella mano, per andare a fare colazione con gli altri.

Skye era già seduta a tavola accanto a mia nonna. Nessuno disse nulla di me e Will. Immagino che fosse così naturale che non ci fosse bisogno di dire nulla. Ci sedemmo insieme e iniziammo a mangiare.

Tutti parlavano animatamente, discutendo di come poter arrivare su un'isola galleggiante avvolta da una tempesta. Furono proposte idee di ogni tipo: aerei, elicotteri. Blake suggerì persino una catapulta, cosa che ci fece ridere tutti. Il problema era reale. Andare su quell'isola sembrava praticamente impossibile.

"Per raggiungere un'isola protetta da un drago, bisogna trovare un drago", affermò Ayanna.

Tutti smisero di parlare. L'idea sembrava ottima, se non fosse che...

"Come faremo a trovare un drago?" chiese Will.

Si vedeva che tutti cercavano una risposta. Persino Ayanna sembrava non sapere dove trovare un drago.

All'improvviso, Damien si alzò dalla sedia. "Lo so io!"

Lo guardammo tutti, impazienti di sapere.

"A sud-est del branco di Will. Lì c'è una cascata. Nascosta da quella cascata c'è la tana di Ladon; almeno così narra la leggenda."

Ero davvero sorpreso di sapere che un drago fosse così vicino a noi.

"Come fai a saperlo?" Chiesi.

"Un giorno ci sono andato con Kate. Non ci siamo avventurati all'interno, ma so dove si trova. Posso condurvi lì."

Sembrava l'idea migliore che avessimo avuto finora.

"Dici che è una leggenda... Pensi che sia vera?", chiese Blake.

"C'è sempre un fondo di verità nelle leggende", rispose mia nonna.

Tutti annuimmo.

"Bene, allora dovremmo andare laggiù", disse Will ad alta voce esternando ciò che tutti noi stavamo pensando.

Finimmo di mangiare in silenzio. Prima di andarcene, Ayanna chiese di parlare da sola con Will. Quando tornarono, diede a tutti la sua benedizione. Tornammo alle macchine e partimmo per la tana del drago.

Capitolo 11 (Leila)

Il viaggio

Mi sedetti con Will in macchina mentre tornavamo verso il suo branco. Avevamo deciso che, una volta arrivati, avremmo fatto il resto del percorso a piedi. Mi aspettavo di poterlo coccolare in macchina, ma era silenzioso. Mi chiesi cosa gli avesse detto Ayanna. Era diverso da quando gli aveva parlato. So che probabilmente era sovrappensiero, ma non riuscivo a capire di cosa si trattasse.

"Va tutto bene?" chiesi.

Mi guardò come se si fosse appena svegliato da un sogno o qualcosa del genere.

"Sì, scusa, stavo pensando a una cosa."

Mi afferrò la mano e se la portò alle labbra, posandovi sopra un morbido bacio.

"Ti va di condividerla con me?"

Distolse per un attimo gli occhi dalla strada per guardarmi, poi tornò a concentrarsi davanti a sé.

"Stavo solo pensando a quello che mi ha detto Ayanna. Riguardo al resto dell'indovinello. *Un tesoro amato dovrà essere sacrificato...* Non è stata chiara su cosa fosse il tesoro, ma ha detto che sarà la parte più difficile del nostro viaggio. Ha detto che ciò che deve essere fatto non può essere cambiato."

Ero così concentrata su come accedere all'isola che mi ero completamente dimenticata del resto dell'indovinello. Mi chiedevo davvero cosa significasse.

Rimanemmo in silenzio per il resto del viaggio, entrambi assorti nei nostri pensieri. Arrivammo alla branco di Will. Prima di scendere dall'auto, Will si rivolse a me.

"Mentre siamo nel territorio del branco, non posso baciarti o tenerti per mano. Non ho ancora annunciato a tutti che Jane non è più la mia compagna. Devo ancora sapere se accetterai di essere la mia Luna. Quindi, per ora, non posso farlo sapere a nessuno. Spero che tu capisca."

Le sue parole mi ferirono; alla mia lupa la cosa non piacque. Ma lo capivo. I suoi doveri di

Alfa del branco lo costringevano ad avere una Luna. Non avevo ancora pensato se avrei voluto essere una Luna, ma credo che quando sarà il momento, non esiterò. Avrei voluto baciarlo un'altra volta prima di scendere dall'auto, ma era troppo tardi. Alcuni membri del branco ci stavano già salutando e aspettavano che uscissimo dall'auto.

Sospirai. "Sì, capisco." La mia voce tremava, ma cercai di nasconderlo.

Appena scesi, Will spiegò al suo branco che sarebbe stato via per un po'. Nel frattempo, Jane si sarebbe occupata delle questioni del branco. A quel nome strinsi i denti. La mia lupa mi stava facendo capire che era pronta per diventare Luna. Ma al momento non potevo dire nulla.

Per fortuna non restammo a lungo nel branco di Will. Ben presto stavamo già camminando attraverso il bosco in direzione della cascata. Damien ci faceva strada, seguito da Blake e da mia nonna. Poi c'erano Will, io e Skye. Lei era l'ultima e si lamentava continuamente che stavamo camminando troppo velocemente.

"Possiamo fermarci un attimo?", chiese.

"Abbiamo appena iniziato a camminare", rispose Damien.

Pochi metri più avanti chiese di nuovo: "Ora possiamo fermarci?"

Damien rispose: "A questa velocità, non ce la faremo prima del tramonto."

Continuammo a camminare più lentamente, ma era sempre troppo veloce per Skye. Continuava a cadere sulle radici degli alberi e voleva tenermi la mano per evitare di inciampare, ma io ero troppo occupata a stare vicino a Will per badare a lei. Mentre camminavamo, lui rimase in silenzio e si tenne a distanza da me. Mi chiedevo perché. Pensieri terribili continuavano a insinuarsi nella mia testa. E se tornare al suo branco gli avesse ricordato che amava Jane? Scossi la testa. Non aveva senso. Ero la sua compagna, mi amava. Anche se il legame non era ancora abbastanza forte da permetterci di parlarci attraverso la mente. Aveva solo molte cose a cui pensare, ne ero certa.

A un certo punto, Skye gridò: "Conosco una scorciatoia!"

Ci fermammo tutti per un attimo e la guardammo con occhi spalancati.

Damien andò da lei. "Tu... conosci una scorciatoia?"

Lei annuì. "Sì, la conosco."

Sembrava strano, soprattutto perché eravamo lontani dal territorio del nostro branco e persino dal territorio del branco di Will.

"Sì, possiamo passare di lì. Arriveremo alla cascata più velocemente."

Nessuno disse una parola. Tutti stavano valutando se crederle o meno. Devo dire che nemmeno io sapevo cosa pensare. Mi sembrava che la strada di Damien fosse migliore. Vedendo che nessuno rispondeva, Skye iniziò a piagnucolare.

"Dai, faccio parte di questa squadra, no? Voglio aiutare anch'io! Vi dico che c'è una scorciatoia da questa parte e dovremmo prenderla."

Credo che tutti abbiano avuto pietà di lei. Damien annuì. "È vero, fai parte della squadra. Prenderemo la tua scorciatoia."

Ci incamminammo tutti nella direzione che Skye ci aveva indicato. Presto la foresta si trasformò in una palude fangosa. Gli alberi crescevano nell'acqua melmosa. Lungo il sentiero trovammo molti alberi caduti. Dovevamo fare attenzione a dove mettevamo i piedi, o saremmo inciampati nelle radici degli alberi che spuntavano, ma non riuscivamo a vedere chiaramente il terreno irregolare. In alcuni punti il fango ci arrivava fino ai fianchi. Ormai dovevamo procedere a passo di lumaca.

"Questa non la definirei proprio una scorciatoia", mormorò Will. Blake e Damien ridacchiarono, ma Skye non li sentì.

"Vi giuro che ci siamo quasi", disse felice.

Camminare era molto faticoso e mi sarebbe dispiaciuto se avessimo fatto un errore nel seguire la sua scorciatoia.

Mi fermai quando sentii un sibilo. Mi guardai intorno, cercando di trovare la provenienza del suono. Anche tutti gli altri si arrestarono per udire meglio.

All'improvviso, vidi il fango muoversi e riuscii a riconoscere il movimento di un enorme serpente tra me e Will. Tuttavia, sembrava che ce ne fosse più di uno. Riuscii a distinguere tre serpenti. Non ne avevo mai visti di così grandi. Sembrava non finissero mai. Non ricordavo nemmeno un tipo specifico di serpente che vivesse nelle vicinanze.

Rimasi a bocca aperta quando si sollevò, lasciando che la sua testa uscisse dal fango. Il cuore mi batteva all'impazzata quando mi resi conto che non si trattava di tre serpenti, ma di un'idra con tre teste che stava davanti a noi. Avevo sentito parlare di queste creature, ma non ne avevo mai vista una con i miei occhi.

Il suo collo era molto lungo e lo era anche la cresta che scendeva lungo la schiena. Il fango stava ancora gocciolando lungo il collo, ma potevo vedere che da qualche parte i tre colli si fondevano in un unico grande corpo. Su ogni lato della testa c'erano due orecchie a forma di pinna. Gli occhi erano bianchi e luminosi, senza pupille. Dalla bocca piena di denti aguzzi pendevano lunghi barbigli.

La mia mascella era serrata. Non avevo idea di come avremmo potuto sconfiggere un mostro del genere.

"Ci ucciderà", disse Blake.

Lo guardai. Damien urlò: "Non respirate! Ha un alito velenoso e il suo sangue è così virulento che persino il suo odore è mortale."

Aveva appena detto "non respirate"? Sì, certo! Come avremmo potuto farlo? Blake aveva ragione, saremmo morti qui.

"Non morirete, ve lo giuro" sentivo nella mia mente. Alzai lo sguardo verso Will, era stato lui. Lo sapevo. Mi stava sorridendo. Ero felice di poterlo sentire, anche se pensavo davvero che saremmo morti per colpa di quella creatura.

La bestia emise un suono così acuto che dovetti coprirmi le orecchie per proteggermi.

"Leila, lancia l'incantesimo di protezione, subito!", urlò mia nonna.

Aveva ragione! Con l'incantesimo della bolla di protezione, saremmo riusciti a evitare il suo odore mortale. Senza aspettare, chiusi gli occhi e unii le mani, cercando di concentrarmi il più possibile. Scandii le parole: *"tutela praesidium protezione."* Recitai queste tre parole più volte, finché non sentii una calda energia scorrere dentro di me e poi intorno a me. Quando il flusso di energia si arrestò riaprii i miei occhi.

Will mi guardava stupefatto. "Wow", fu tutto ciò che sentii attraverso il nostro legame di coppia. Una bolla appena visibile ci circondava.

Potevamo respirare senza avere paura di essere avvelenati.

Gli sorrisi. Ma la nostra felicità durò poco, perché la creatura urlò, facendoci capire che non aveva ancora finito con noi.

Blake caricò la creatura, facendo crescere le unghie e sferrando fendenti.

"Non bevete il suo sangue", ricordò Damien. "È velenoso."

Blake non rispose, ma sapevo che aveva sentito. Will si tolse rapidamente i vestiti e lasciò che il suo lupo prendesse il sopravvento su di lui. Non potei fare a meno di fissare la sua bellezza. Girò la testa per guardarmi. Vidi i suoi occhi guizzare, facendomi capire che il suo lupo voleva vedermi. Lasciai che la mia lupa si palesasse e gli rispondesse. Potevo sentire l'appagamento del suo lupo attraverso il nostro legame di coppia. Si allontanò e andò a combattere con Blake. Damien era già pronto ad aiutare Blake.

Tirai fuori il mio arco e iniziai a scagliare frecce contro la bestia. Si muoveva velocemente, ma riuscii comunque a conficcare una freccia in uno dei suoi occhi.

I ragazzi si muovevano velocemente. Ogni testa sembrava seguirli. Una cercò di sputare il suo veleno contro Will, ma lui fu agile e la evitò. Il mio cuore batteva nel vederlo combattere in quel modo. A un certo punto, Blake estrasse un pugnale da un fodero che portava alla cintura. Balzò in aria e colpì una delle teste. La creatura urlò di dolore e il collo cadde a terra, mentre la testa fece lo stesso poco più in là. Il sangue violaceo ricoprì il suolo. Cominciammo a gioire, ma durò poco. Il collo si rialzò. Sentii uno strano scricchiolio mentre sembrava che si formasse nuova carne. Il collo si separò in due metà e cominciarono a crescere due teste. In pochi secondi, la creatura aveva quattro teste invece di tre.

I ragazzi smisero di lottare per un momento.

"Come lo uccidiamo?", chiese Blake.

"Non ti ricordi le vecchie lezioni?", chiese Damien.

"Ti sembra che me lo ricordi?", rispose Blake.

"Se gli tagli la testa, ne ricresceranno due", affermò Damien.

"Non potevi dirlo prima?", chiese Blake, facendo una smorfia.

"L'ho ricordato solo ora", rispose Damien, sorridendo.

"Poi lo uccidiamo con la magia!" gridai.

"Potrebbe funzionare", disse Damien.

"Voi ragazzi lo distraete, mentre io e Leila gli lanciamo fiamme", disse mia nonna.

"Perfetto!", disse Will attraverso la mia mente.

Speravo solo che non facesse qualcosa di stupido e si facesse uccidere. Mi guardai intorno, ma Skye non si vedeva da nessuna parte. Era stata mangiata da quella creatura mentre non guardavo? Non avevo tempo per riflettere. Mia nonna mi afferrò le mani.

"Concentrati, Leila, possiamo farcela."

Le annuii e chiusi gli occhi. Intorno a noi sentivo i ragazzi che urlavano alla creatura per attirare la sua attenzione. Li sentivo combattere o essere colpiti dalla creatura. Era difficile concentrarsi, ma sapevo che dovevo farlo se volevo aiutarli.

Iniziammo a pronunciare l'incantesimo "flamma ignis caleo." Questo incantesimo era facile. Era uno dei primi che avevo imparato. Ma questa volta dovevamo farlo in modo molto più potente di quanto non avessimo mai fatto.

Dentro di me cominciai a sentire un certo calore. Aumentava sempre più fino a bruciare tutto il mio corpo, ma io continuavo a formulare le parole magiche. Le nostre vite, quelle dei miei amici e del mio amato dipendevano da questo. Continuammo ad andare avanti fino a quando divenne insopportabile.

A quel punto, alzammo le mani al cielo, liberando l'immenso potere che avevamo accumulato e indirizzandolo direttamente sull'idra.

Aprii gli occhi e fui sorpresa di vedere la creatura avvolta dalle fiamme, che urlava e si contorceva sul terreno fangoso. L'incantesimo doveva essere molto più potente di quanto pensassi. Improvvisamente mi resi conto che Will, Damien e Blake dovevano aver combattuto la creatura quando avevamo liberato l'incantesimo. La paura si insinuò in me. Speravo solo che non fossero rimasti intrappolati nelle fiamme. Il mio cuore batteva forte mentre lo cercavo. Una mano si posò subito sulla mia spalla e io mi rilassai immediatamente.

"Bel lavoro", disse una voce bassa.

Will era tornato nella sua forma umana, completamente vestito.

Gli sorrisi. "Grazie."

"Voi venite?"

Ci girammo tutti per vedere Skye, che era più avanti, ad aspettarci.

"Dove diavolo sei stata?" chiesi. "Stavamo combattendo contro questa creatura. Tu non eri qui ad aiutarci."

Ero furiosa con lei. Avrebbe dovuto essere presente, a combattere con noi. Avremmo potuto essere uccisi! Tutto questo per una stupida scorciatoia che avevamo preso per colpa sua!

"Eravate voi? Oh! Mi dispiace, non ho sentito nulla", disse sorridendo.

Io sgranai gli occhi. Sì, certo, come se non avesse sentito nulla.

"Sbrighiamoci. Non possiamo essere sicuri che la creatura sia morta", disse Will.

Gli feci un cenno di assenso. Ci facemmo tutti strada attraverso la palude.

Finalmente, qualche metro più avanti, tornammo su un terreno solido.

Eravamo ancora lontani dalla cascata ed era ormai chiaro che non avremmo dovuto prendere la scorciatoia di Skye. Dopo un po' Skye era stanca... di nuovo... credo che tutti fossero stanchi di sentirla lamentarsi in continuazione. Decidemmo di fare una pausa in una piccola radura.

Skye si sedette su una grande roccia. Will stava parlando con gli altri, pianificando le nostre prossime mosse.

Io lo osservavo da lontano. Volevo passare più tempo con lui. Eppure, sembrava così impegnato con tutte le sue responsabilità che a malapena aveva tempo per me. Mi sentivo triste per questo e non ero sicura di cosa fare.

"Hai notato quanto Will sia freddo con te?" chiese Skye.

"Non so di cosa tu stia parlando."

"Non fare la stupida, so che l'hai notato."

Sospirò: "Ascolta, Skye. Probabilmente Will è solo stanco e preoccupato, come tutti noi."

Lei sgranò gli occhi. "Penso che tu abbia troppo bisogno di lui. Gli stai appiccicata come una calamita. Quel ragazzo ha bisogno della sua libertà."

La guardai, riflettendo. Poteva avere ragione? Will aveva bisogno di più spazio? Era per questo che si teneva a distanza da me?

Skye continuò: "Penso che abbia bisogno di pensare che tu non lo vuoi."

"Cosa?" Aggrottai le sopracciglia. "Perché diavolo dovrei farlo?"

Lei sorrise. "I ragazzi amano inseguire la donna che amano. Ti troverà irresistibile se pensa che non lo vuoi."

Devo confessarlo: avevo una sensazione contrastante su tutto questo. Pensavo di conoscere Will almeno un po'. Ma in questo momento mi sentivo sola. Avevo già sentito dire in passato che gli uomini amano inseguire la donna che amano. Forse aveva ragione? Se ci provassi, potrebbe inseguirmi?

"Lo pensi davvero?"

Lei annuì. "Sì, certo che lo penso!"

Le sorrisi. "Grazie, credo che valga la pena di provare."

"Le migliori amiche servono a questo."

Continuammo a parlare insieme. Dopo qualche minuto Blake ci raggiunse. "Ehi ragazze, noi andiamo."

Ci unimmo agli altri. Mi sentivo triste. Volevo solo passare un po' di tempo con Will, ma lui era sempre così impegnato. Sapevo che era il mio compagno. I compagni non dovevano amarsi? L'amore era così complicato. Vorrei che le cose fossero più semplici di così.

"Ehi, va tutto bene?"

Alla voce di Will sussultai. Volevo andare a trovarlo, abbracciarlo. Volevo solo baciarlo e stare tra le sue braccia. Ma mi ricordai del consiglio che mi aveva dato Skye.

Mantenni un'espressione il più possibile impassibile e risposi: "Sì."

Non attesi una risposta e mi diressi verso gli altri, lasciando che Will mi fissasse con uno sguardo interrogativo. Speravo che la strategia di tenermi a distanza da lui avrebbe dato i suoi frutti.

*********** POV: Bianca ************

Eravamo appena rientrati alla casa del branco. Ero emozionata! Elwin aveva finito di preparare la pozione di guarigione ieri sera tardi. Il contenuto era cristallino; si sarebbe potuto giurare che fosse solo acqua. Ma io sapevo che non lo era.

Andai direttamente nella stanza di mio padre con Steven. Eravamo entrambi ansiosi di provare questa pozione. Elwin aveva detto che la pozione conteneva tutte le proprietà curative della pianta, quindi nutrivo grandi speranze. Mia madre era al fianco di mio padre e stava ancora leggendo uno dei suoi libri preferiti sui licantropi. Speravo solo che saremmo riusciti a salvare mio padre, così lei avrebbe potuto vivere di nuovo la sua storia d'amore. Potevo solo immaginare quanto desiderasse essere di nuovo tra le sue braccia. Se fosse successo qualcosa al mio dolce Steven, sarebbe stato terribile per me.

Proprio mentre quei pensieri mi attraversavano la mente, lui mi guardò. I suoi occhi erano pieni d'amore e sapevo che capiva cosa stessi pensando. Sapeva cosa stava vivendo mia madre, perché aveva provato la stessa cosa quando ero svenuta due anni fa.

"Non potrei mai vivere senza di te, amore mio", sussurrò nella mia mente.

Capii quanto mi amava e io lo amavo allo stesso modo.

"Mamma, abbiamo un nuovo rimedio da provare", le dissi dolcemente.

Lei sorrise e si alzò dalla sedia.

"Grazie, mia cara. Prego, procedi pure."

Steven mi aiutò a mettere mio padre in posizione seduta. Aveva perso così tanto peso che fu facile sollevarlo. L'uomo che avevo conosciuto come forte, quello che mi aveva protetto mentre crescevo, viveva a malapena e mi faceva male vederlo così.

Con delicatezza, gli feci bere la pozione. Quando il liquido passò dalla fiala alla sua bocca, si illuminò di una luce bianca. Lo rimettemmo sdraiato e aspettammo di vedere se sarebbe successo qualcosa.

Mia madre si avvicinò. Le passai un braccio intorno alla vita e lei appoggiò la testa sulla mia spalla. Sapevo che aveva bisogno di sostegno. Negli ultimi due anni si era chiusa in questa stanza e sapevo che si sentiva sola. Non riusciva a staccarsi dal suo compagno. Aveva bisogno di essere lì per lui.

Aspettammo qualche minuto, ma non successe nulla. Stavamo per lasciare la stanza quando il petto di mio padre si sollevò leggermente dal letto. Sembrò fare un respiro profondo, come se respirasse per la prima volta. Poi ricadde sul letto.

Ci chiedemmo tutti cosa fosse appena successo. Mia madre controllò i suoi segni vitali e sicuramente respirava. Guardai il suo viso e vidi che il suo colorito era migliorato.

"Credo che questa pozione lo abbia davvero aiutato", esclamò mia madre. Per la prima volta da mesi sorrideva, ed era bello vederla così.

"Lo so! È fantastico! Speriamo che continui a migliorare", aggiunsi.

Steven e io uscimmo dalla stanza. C'erano ancora delle cose che dovevo fare. Avevo portato con me un libro dal castello. Un libro antico che parlava di un vecchio branco di lupi. Un branco che si occupava di sorvegliare Eurynomos. Dalle conversazioni che Kate aveva avuto con Damien attraverso i loro legami di coppia prima che lasciassimo il castello, sembrava che questo fosse il branco di Ravynne. Ero curioso di conoscerla. Damien disse che era un branco di streghe e licantropi. Non ne avevo mai sentito parlare prima. Andai fuori in giardino a leggerlo, mentre Steven aveva dei compiti da svolgere nel branco.

*********** POV: Eurynomos ************

Quattro portali erano già aperti. I goblin stregoni stavano lavorando senza sosta per aprirne il maggior numero possibile. Davanti a ogni portale si trovava un gruppo di orchi. Queste creature mi ripugnavano. Erano muti e grotteschi e puzzavano di uova marce. Ma erano forti e seguivano gli ordini ciecamente. Per questo li avevo scelti per guidare la distruzione del mondo dei vivi. Insieme ad alcuni goblin e alle loro ingegnose macchine da guerra, costituivano un ottimo mix. Ciò che agli orchi mancava in intelligenza, i goblin lo compensavano.

Il portale principale era ancora sigillato. Ero infastidito da questo stupido portale. Uno dei miei goblin stregoni stava ancora lavorando giorno e notte per aprirlo. Il sudore gli ricopriva la fronte e aveva perso i sensi un paio di volte, ma non gli permettevo di fermarsi. Che vada al diavolo se deve morire. Un altro avrebbe preso il suo posto. La sua vita era comunque inutile. Non poteva esserci orgoglio più grande che aiutarmi a raggiungere il dominio del mondo. E se avesse cercato di andarsene, l'avrei ucciso in ogni caso. Quelle miserabili creature sapevano bene che non dovevano cercare di combattere contro di me. Da quando ho tolto il trono a quell'arrogante di Hades, sapevano di cosa fossi capace. Quello sciocco non meritava di governare gli Inferi, comunque. Se ne stava pigramente seduto sul suo sedere. Non aveva ambizioni. Era abbastanza facile spodestarlo. Da quando ho combattuto con la Dea della Luna, desidero vendicarmi di lei. Pagherà il prezzo per avermi rinchiuso qui. Da quel giorno ho giurato di farla pagare a lei e ai suoi discendenti.

All'improvviso, sentii che il mio incantesimo di sanguisuga della forza vitale si indeboliva. Ringhiai con rabbia. Chi diavolo aveva osato disturbare il mio piano? Mi guardai intorno: le creature tremavano di paura. Ma nessuna di loro aveva fatto nulla per interrompere il mio incantesimo. Questo significava che qualcuno al di fuori del mondo sotterraneo ne era la causa. Strinsi i denti. Sapevo, senza nemmeno controllare, chi fosse la fonte dei miei problemi. Quella disgraziata. Concentrai i miei pensieri nella sua mente. Era da un po' che non la ascoltavo.

Vidi attraverso i suoi occhi. Era al capezzale di suo padre ed era felice. Che cosa ha fatto quella puttana? Come ha potuto farlo? Nessuno era più forte di un demone! Il legame che avevo con suo padre c'era ancora, ma era decisamente più debole. Giuro che avrò la vita di quella puttana. La torturerò lentamente e la costringerò a guardare mentre uccido tutti quelli che ama. Quando non ce la farà più, quando mi implorerà di ucciderla, la farò soffrire ancora un po'. Solo quando ne avrò avuto abbastanza la ucciderò, molto lentamente e dolorosamente. Sapevo che la Dea della Luna avrebbe sicuramente guardato la sua preziosa figlia mentre la torturavo. Mi stavo già rallegrando a quel pensiero. Forse sarebbe persino venuta ad affrontarmi *direttamente; questa sì che sarebbe stata una cosa che desideravo.*

Comunque, era irrilevante. Anche se il padre della cagna fosse stato liberato dal mio incantesimo sanguisuga, non avrebbe avuto importanza. Era stato il primo e aveva una forza vitale così forte! Era molto utile quando ne avevo bisogno. Ma ora stavo prosciugando la forza vitale di un numero sufficiente di persone. Poteva anche morire, per quel che mi importava.

Mi ritirai nelle mie stanze. Una mia succube mi stava aspettando. Sapevo che avrebbe fatto volentieri tutto ciò che le avrei chiesto per ottenere più potere. Quanto amavo quelle creature demoniache inferiori. Erano deliziose e obbedienti.

"Avete bisogno che faccia qualcosa, padrone?"

Lei mi aspettava, con le sue curve voluttuose e seducenti. Mi leccai le labbra mentre tracciavo con le dita i contorni dei suoi seni, facendola gemere.

Presi un respiro profondo prima di rispondere: "Fai la brava, ora, ho bisogno che tu lo prenda tutto in bocca."

Sfiorai dolcemente con le dita le sue labbra, facendola sussultare. I suoi occhi brillavano di desiderio mentre sussurrava: "Come vuoi, padrone."

Capitolo 12 (Arius)

Il dolce nettare

Gli ultimi due giorni erano stati meravigliosi. Ero tornato nelle terre degli elfi della Luna con Elashor. Mi aveva presentato agli altri guardiani e alla loro guida. La Regina degli elfi della Luna era molto cortese e saggia. Mi disse che non c'era mai stato un altro caso di accoppiamento tra un elfo e un vampiro. Ma non avrebbe mai negato il nostro amore.

Una volta ottenuta la benedizione della Regina, Elashor si sentì molto più tranquilla nei nostri riguardi. Mi presentò apertamente a tutti i suoi amici e alla sua famiglia. Non si allontanava mai da me e io non potevo essere più felice. La sera ci incontravamo con la gente del paese al centro. Tiravano fuori chitarre, liuti e banjo e suonavano, cantavano e ballavano tutta la sera. Cantavano canzoni tradizionali, raccontando le prodezze dei loro antenati. Amavo poter far volteggiare Elashor e prenderla in braccio mentre ballavamo tutta la notte.

Mi stupì la qualità del tessuto degli abiti e dei vestiti che indossavano gli elfi della Luna. Anche se i loro disegni erano semplici, si poteva percepire la morbidezza e la resistenza del filato. Colsi l'occasione per comprare alcune camicie per me, una per mio fratello e un vestito per Kate. Avrebbero sicuramente apprezzato il regalo.

Ora che avevo visto la città di Elashor, era il momento di mostrarle dove vivevo. Volevo presentarla a tutti. La amavo con tutto il cuore ed ero sicuro che anche loro l'avrebbero amata. Il viaggio di ritorno fu piacevole. Lo feci volando con Elashor in braccio. Non sembrava affatto spaventata. Il suo dolce profumo di lillà si posò su di me quando arrivammo al castello. Sembrava impressionata dalle dimensioni dell'edificio.

"Benvenuta nella mia casa, amore mio."

Lei esaminò il castello con stupore.

"Wow... Non scherzavi quando hai detto di essere un principe."

Le avvolsi le braccia intorno ai fianchi da dietro. Lei si abbandonò contro di me. Non potei fare a meno di sfiorare con le labbra la pelle morbida del suo collo, lasciando baci ogni volta che toccavo la sua pelle. Gemeva e non volevo che smettesse. Non avevamo ancora avuto la possibilità di passare del tempo da soli. Speravo solo che mi desiderasse quanto io desideravo lei.

"Non avevi detto che volevi presentarmi ai tuoi amici e alla tua famiglia?", mi chiese.

Aveva ragione. Avrei avuto tempo di possedere il suo corpo più tardi. Volevo anche bere un bicchiere di vino di sangue, dato che erano passati alcuni giorni dall'ultima volta che mi ero nutrito, e non volevo farlo di fronte a lei.

"Hai ragione, vieni, mia principessa."

Ridacchiò alla mia ultima parola.

"Non sono una principessa. Sono solo una guardiana."

"Ti sbagli. Tu sei la mia amata e io sono un principe. Quindi sei una principessa."

Le presi delicatamente la mano e la condussi all'interno del castello.

"Bentornato, principe", dissero le guardie alla porta.

Sapevo che essere una principessa non era una cosa a cui era abituata. Ma avrebbe dovuto farlo velocemente, perché qui tutti l'avrebbero trattata come tale.

Ci dirigemmo verso la sala del trono. Kate era seduta sul trono della Regina e stava esaminando alcune questioni che richiedevano la sua attenzione. Il trono alla sua destra era vuoto, poiché mio fratello era assente.

Mi inchinai al suo cospetto. Elashor mi guardò e fece lo stesso.

"Mia Regina, Kate, mia cara amica. Posso rubarvi un po' di tempo?"

Kate alzò gli occhi dalla lettera che stava leggendo e sorrise.

"Arius, sei uno sciocco! Quante volte te l'ho detto? Basta con le formalità! Sei un fratello per me."

Risi. Mi piaceva giocare con lei.

"Sai che mi piace stuzzicarti."

Lei rise e annuì.

Mi schiarii la gola, assumendo un'aria più seria.

"C'è qualcuno che vorrei farti conoscere."

Gli occhi di Kate si posarono su Elashor. Aspettò che parlassi di nuovo.

"Kate, ti presento Elashor. È una guardiana degli elfi della Luna. E poi è la mia compagna."

"Vostra Maestà." Elashor si inchinò a Kate.

Gli occhi di Kate si allargarono.

"Oh Arius! È meraviglioso! La tua compagna! Com'è possibile? Pensavo... Oh, non importa cosa ho pensato! È fantastico!"

Si alzò dal trono e venne a salutarci, non potendo più resistere.

"Oh, per favore, basta con le formalità. Ora siamo una famiglia."

Elashor la guardò, incerta su cosa fare.

Circondai Kate con le mie braccia. Vedendoci abbracciati, Elashor si rialzò. Fece appena in tempo ad alzarsi che Kate le afferrò le mani e la abbracciò calorosamente.

"Sono così felice di conoscere la donna che rende felice mio fratello", disse Kate a Elashor.

Elashor arrossì un po', non sapendo bene cosa rispondere.

"Il piacere è mio", fu tutto ciò che riuscì a dire.

Io risi e misi un braccio intorno alla vita di Elashor.

"Non le ho ancora fatto fare il giro del castello. Credo che lo faremo adesso."

Kate annuì.

"Bene, e io tornerò ai miei doveri di regina... A volte è così noioso! Quelle lettere non finiscono mai!"

Risi al suo commento.

"Per fortuna che sono solo un principe, allora." Le feci l'occhiolino.

Lei sorrise.

"Ricorda, hai promesso di aiutarci quando nascerà il bambino."

È vero, avevo promesso che mi sarei occupato di alcune incombenze del regno quando sarebbe nato il bambino, in modo che Kate e Damien potessero prendersi un po' di tempo da soli per accudirlo.

"Hai ragione, e manterrò la mia promessa", risposi.

Elashor e io uscimmo dalla sala del trono. Quando la porta si chiuse, Elashor mi sussurrò: "Anche lei è un vampiro? Voglio dire... è la Regina, ma la sua pelle non è bianca. A me è sembrata molto calda."

"Giusto! Ho dimenticato di dirtelo! Non è un vampiro, è una donna licantropo.."

"Un licantropo?" Chiese Elashor, sorpresa.

"Credevo che i vampiri e i licantropi fossero in guerra."

Scoppiai a ridere. "È una storia molto lunga! Diciamo solo che la compagna di mio fratello è una donna licantropo. Ebbene, tra le nostre specie è stata dichiarata pace."

Elashor sorrise. "È bello questo. Mi piace che le vostre specie siano riuscite a mettere da parte i rancori."

"Sì, ci siamo anche uniti per combattere contro il demone."

"Il demone?"

"Sì, Eurynomos minaccia di entrare nel nostro mondo. In effetti, ha già iniziato a generare portali."

Elashor si portò la mano alla bocca.

Le afferrai delicatamente la mano. "Vieni, lascia che ti mostri il castello. Possiamo parlare dei demoni più tardi."

La portai sul balcone in cima al castello. Nel cortile c'erano centinaia di umani, vampiri e licantropi. Indossavano armature e portavano una spada o una picca. Alcuni di loro avevano pugnali o fiocine. Tutti eseguivano gli ordini di Lilith. Lei era vestita con la sua armatura completa. Tutti la rispettavano, perché sapevano che era forte e potente.

Insieme, si stavano allenando per affrontare il nostro nemico comune, Eurynomos.

Dall'altra parte del cortile c'erano file di arcieri, che miravano a bersagli.

Un piccolo gruppo di combattenti d'élite era allenato da Zach. Era diventato molto più forte da quando era diventato un vampiro. Era il primo licantropo-vampiro, o almeno, se mai ce ne fu un altro, fu dimenticato dalla storia. Zach era già forte come licantropo, ma i suoi poteri si erano disgiunti quando aveva imparato a controllare le sue capacità di vampiro. Era più forte e più veloce di qualsiasi vampiro o licantropo. Guariva più velocemente di tutti noi. Era in grado di controllare le menti degli umani, di usare la telecinesi e di controllare il fuoco. Ero felice che fosse dalla nostra parte. Aveva iniziato a combattere con una spada che controllava con la mente. Amava avere entrambe le mani libere mentre combatteva. I suoi poteri erano ancora maggiori quando c'era la luna piena. Per questo era stato scelto come capo per addestrare i nostri migliori combattenti. Sia che si trattasse di licantropi che di vampiri, era in grado di aiutarli a scindere i loro poteri e a mostrare loro come controllarli meglio.

Elashor osservava, senza parole.

"Se Eurynomos dovesse mettere piede sulla Terra, avremmo bisogno di tutta la forza possibile per combatterlo. Per questo ci siamo preparati giorno e notte negli ultimi due anni."

Lei annuì. "Capisco. Non avete elfi che si allenano con voi?"

Scossi la testa. "Non abbiamo avuto contatti con la razza elfica per molto tempo. Gli unici che conoscevamo preferivano restare alla larga da noi."

"Oh, allora dovete aver incontrato gli elfi Alti. Non amano mescolarsi con le altre razze."

"Questo significa che per gli elfi della Luna è diverso?"

Mi sorrise. "Dovresti saperne più di chiunque altro."

Le afferrai la mano e la tirai verso di me. Affondai il naso nell'incavo del suo collo, annusando il suo dolce profumo di lillà. Gemeva mentre le leccavo il collo. Mi passò un dito tra i capelli, facendomi venire i brividi lungo la schiena.

Era da un po' che la desideravo. Era così graziosamente deliziosa e non vedevo l'ora di assaggiarla.

Le dissi voluttuosamente: "Hai un profumo migliore del più squisito dei fiori. Mi chiedo se il tuo sapore sarà buono come il tuo profumo."

Elashor aveva un sorriso diabolico sul viso, che la faceva sembrare ancora più bella di quanto non fosse già.

"Forse adesso potresti mostrarmi la tua stanza?", chiese facendo l'occhiolino.

Risi sommessamente mentre le tenevo la mano, portandola delicatamente con me mentre anche lei ridacchiava.

Non ci volle molto per arrivare alla mia stanza. Credo che fossimo entrambi impazienti. Sentivo il profumo della sua eccitazione. Ero certo che fosse così anche per lei, ed era da tanto che la desideravo. I pantaloni non contenevano più il mio desiderio. Chiudemmo la porta dietro di noi. La spinsi contro la porta e la baciai appassionatamente, intrecciando le mie dita con le sue mentre le bloccavo le mani sopra la testa.

Sussurrò il mio nome tra un gemito e l'altro. Il suo petto si alzava e si abbassava. Le sue unghie scavavano nelle mie mani mentre le stringeva.
Le lasciai le mani per iniziare a slacciarle la camicia. Cominciò a percorrere il mio corpo con le mani. Non riuscii a trattenere un gemito quando iniziò a leccarmi il collo mentre si strofinava sul mio pene.

Quella donna mi stava facendo impazzire. Alla fine le tolsi la maglietta, rivelando i suoi bellissimi seni. Mi concessi un momento per ammirare la sua bellezza. Il suo corpo elfico era così piccolo e aggraziato rispetto al mio. Volevo assicurarmi di assaggiare ogni centimetro del suo corpo.

La portai sul letto mentre mi toglievo la camicia.

"Ho tanta voglia di assaggiarti", le sussurrai.

Aveva un sorriso sexy. "Allora fallo."

Volevo assaggiarla in più di un modo. Ma non volevo farlo senza che lei capisse chiaramente cosa intendessi. Non ne avevamo ancora parlato, e avevo bisogno di chiarirlo prima di andare avanti o non sarei stato in grado di fermarmi.

"Voglio dire... sai che sono un vampiro, vero?"

Ridacchiò. "Certo che lo so."

Mi baciò e contemporaneamente riuscì a slacciarmi i pantaloni. Li levai, rivelando il mio membro ingrossato. Lei mi fissò con desiderio negli occhi. Feci fatica a concentrarmi su ciò che volevo dire.

"Quello che volevo dire è che....", iniziai mentre le toglievo i vestiti rimasti, ammirando la sua pelle liscia e bluastra. Era bella come le stelle, forse anche di più.

"Come vampiro, quando facciamo l'amore con i nostri compagni, beviamo anche il loro sangue. È il rapporto più intimo che possiamo avere. È una cosa che desidero fare con te. Ma solo se tu me lo permetterai."

Alzò la testa dal letto. Mi prese il cazzo in mano e cominciò ad accarezzarlo, provocandomi ondate di piacere. Non riuscivo a trattenere i miei gemiti e lei sembrava godere di come mi controllava. I suoi occhi erano ancora pieni di lussuria.

"Prendimi come vuoi. Fammi di tutto."

Sorrisi alla sua risposta. Non pensavo che avrebbe accettato che io bevessi il suo sangue.

"Sarò delicato, te lo prometto", sussurrai tra un respiro e l'altro.

Rilasciò il mio uccello e mi afferrò le spalle, attirandomi a sé. Le nostre fronti si toccavano.

"Non devi essere troppo delicato", mi disse strizzando l'occhio.

Non riuscivo più a resistere. Avvicinai la punta del mio cazzo alla sua fica. Era già bagnata fradicia. Mi mordevo il labbro, chiedendomi se dovessi devastarla subito o farla aspettare ancora un po'. Ansimai, mentre lei spingeva i fianchi, facendo scivolare il mio cazzo dentro di lei. Mi piaceva il modo in cui prendeva il controllo. Era calda e stretta intorno a me. Iniziai a spingere dentro di lei, adattandomi alle sue grida. Ondate di piacere mi inondarono, mentre mi sentivo connesso a lei come mai prima d'ora.

Aveva quel lato piccante che stavo appena scoprendo, mentre mi implorava di muovermi dentro di lei con maggior forza, ancora e ancora. Dio, quanto l'amavo! Molte volte sentivo di essere al limite, ma non volevo ancora fermarmi. Mi piaceva guardarla contorcersi sotto di me. I miei occhi continuavano a tornare sulla pelle morbida del suo collo. Sapevo che i miei canini erano già pronti all'azione. La desideravo così tanto. La guardai negli occhi, cercando ancora una volta la sua approvazione.

Lei urlò: "Sì, fallo!" tra un gemito e l'altro.

Iniziai a leccarle il collo mentre continuavo a spingere. Presto la sentii stringere ancora di più. Non riuscivo più a trattenermi. Le morsi il collo il più delicatamente possibile. Lei mi conficcò le unghie nella schiena e la punta dei suoi capezzoli mi sfiorò il petto. Iniziai a bere lentamente il suo sangue. Era la cosa più dolce che avessi mai assaggiato. Lei era il mio nettare e io mi stavo ubriacando di lei. Sentivo il suo cuore battere in tutto il corpo, sentivo i suoi pensieri e il suo piacere dall'interno mentre bevevo il suo sangue. Le sensazioni del nostro fare l'amore si stavano amplificando grazie a questa connessione. A un certo punto, cominciai a sentirla pulsare intorno a me mentre urlava il mio nome in preda al piacere. Fui sopraffatto dal piacere mentre toglievo i denti da lei. Gemevo forte mentre venivo, sentendo ancora le sue pulsazioni che mi circondavano.

Alla fine mi lasciai andare sopra di lei, facendo attenzione a non schiacciarla sotto il mio peso. Mi guardava con i suoi occhi affascinanti.

"Ti amo tanto, Arius."

Sorrisi.

"Elashor, se solo lo sapessi. Pensare a te mi tiene sveglio. Sognarti mi fa dormire. Stare con te mi fa vivere."

Non sapevo come mi fosse venuto in mente, ma dovevo dirle quello che provavo. Lei arrossì alle mie parole.

"Ti prego, dimmi che non mi lascerai mai."

Mi baciò dolcemente, la sua lingua danzò con la mia.

"Non ti lascerò mai, Arius. Finché mi amerai, ti prometto."

Mi sdraiai al suo fianco e la presi tra le braccia, godendomi il calore del suo corpo. Avevo bisogno di confessarle: "Tu non sai. Mi hai salvato da una disperazione in cui stavo annegando da anni."

Lei non rispose, si limitò a rannicchiarsi tra le mie braccia. Sentivo il suo respiro caldo sul mio petto.

Non era ancora notte, ma non riuscii a resistere a un pisolino pomeridiano in questo momento perfetto.

*********** POV: Will************

Finalmente eravamo alla base della cascata. Sapevo che la tana del drago doveva essere nascosta lì dietro. Pensavo che quando saremmo arrivati alla tana di Ladon, mi sarei sentito nervoso all'idea di incontrarlo. Voglio dire, chi non ha mai sentito parlare della leggenda di Ladon? Il drago dalle cento teste! O almeno così si diceva. Ma sinceramente, in questo momento non me ne sarebbe potuto importare di meno del drago. Riuscivo a pensare solo a Leila. Sentivo attraverso il nostro legame che qualcosa non andava, ma non sapevo cosa. Si era allontanata da me e non capivo perché. Il mio lupo la desiderava. Voleva andare dalla sua compagna, scoprire il motivo del suo atteggiamento e fare tutto il necessario per migliorare la situazione. Ma per tutto il tempo, mentre camminavamo, lei si era tenuta a distanza. Ogni volta che tentavo di chiederle cosa c'era che non andava, mi rispondeva che andava tutto bene. Sapevo che non era vero. Desideravo solo poter stare da solo con lei e parlarle. Ero il suo compagno! Volevo essere presente per lei! Se qualcosa non andava, potevamo risolverlo insieme. Era così frustrante! Avevo fatto qualcosa per farla arrabbiare? Non lo sapevo nemmeno io e mi tormentava cercare di capirlo.

Mi unii a Blake e Damien, che stavano cercando un modo per risalire la cascata, quando sentii un urlo.

Ci girammo tutti e trovammo Skye a terra che si teneva la caviglia. Leila era al suo fianco e le guardava la gamba. Mi precipitai da loro.

"Che cosa è successo?"
Leila mi guardò. Volevo solo perdermi nei suoi occhi e dimenticare la sua amica.
"È caduta su alcune rocce."
Leila guardò la sua amica e chiese: "Riesci ad alzarti?"
Skye prese la mano di Leila e cercò di mettersi in piedi. "Non ci riesco! Credo di essermi slogata la caviglia."
Sentii Damien sospirare dietro di me. Cercai di essere gentile, visto che Skye era l'amica della mia compagna.
"Non abbiamo ancora mangiato e dobbiamo ancora risalire questa cascata. Facciamo una pausa, magari mangiamo qualcosa."
"Di questo passo, non arriveremo mai!" si lamentò Blake.
"Non ci arriveremo mai se siamo feriti o stiamo morendo di fame", aggiunsi io.
Blake stava per aggiungere qualcos'altro, ma Damien lo interruppe: "Ha ragione."
Blake decise di rimanere in silenzio. Non avrebbe osato contraddire il suo signore.
Accesi un fuoco sulla riva del Lago Silenzioso. Skye si sedette accanto. Damien stava parlando con Ravynne. Sembrava che i due avessero molto di cui parlare.

Sentii Ravynne che gli parlava: "Vieni! Lascia che ti mostri le erbe migliori per guarire. Vediamo se riusciamo a farti fare qualche stregoneria."

Si mise a ridere. "Pensi che mi servano altri poteri oltre a quelli che già ho come signore dei vampiri?"

"Non si sa mai quando può essere utile conoscere la stregoneria."

Mi sembrava incredibile la rapidità con cui quei due erano diventati amici. Avevo la sensazione che Ravynne trattasse Damien come se fosse suo nipote. Il che era buffo perché, a pensarci bene, Damien era un potente signore dei vampiri e aveva più di duecento anni. Ma credo che gli piacesse farle interpretare il ruolo della nonna. Li guardai mentre si allontanavano per andare alla ricerca di erbe.

Dall'altra parte c'era la mia bella Leila, che parlava e rideva con Blake. Il mio lupo stava diventando piuttosto geloso. Avevo desiderato parlare con lei per tutto il tempo del viaggio, ed eccola qui, che parlava allegramente con lui. Dovetti trattenermi dal ringhiare. Sapevo che mi avrebbero sentito se l'avessi fatto, ed era ridicolo. Ero io il suo compagno, non lui. Non c'era motivo di essere geloso di lui. Pensai che avrei potuto raggiungerli e sentire di cosa stessero parlando. Ma proprio mentre stavo per farlo, Leila tirò fuori l'arco e seguì Blake nella foresta. Se ne andarono così in fretta che non ebbi nemmeno il tempo di dir loro di aspettare. Probabilmente stavano andando a caccia, per catturare qualcosa per il pranzo. Dato che Leila era un'eccellente arciere, avrebbero preso sicuramente qualcosa da mettere sotto i denti.

Non potevo inseguirli e lasciare Skye, che era ferita, da sola. Dovevo anche controllare il fuoco, per evitare che si spegnesse. Sconfitto, mi sedetti al fianco di Skye. Osservavo il fuoco e gli lanciavo piccole pietre. Non riuscivo a togliermi dalla testa le immagini di Leila e Blake che ridevano insieme. Ero piuttosto turbato.

"Sai che lo ama", disse Skye.

Cosa aveva appena detto? Girai la testa per guardarla.

"Non sai di cosa stai parlando", risposi duramente.

"Dai, hai visto quanto era vicina a lui. Hai visto come rideva con lui."

Quella ragazza non aveva idea di cosa stesse parlando. Mi dava molto sui nervi. Volevo solo che stesse zitta.

"Smettila, stai solo dicendo stronzate", ringhiai.

"Sai che è la mia migliore amica. Mi ha confessato cosa prova per lui."

La guardai con occhi increduli.

"Quello che dici è impossibile."

Lei scrollò le spalle. "Ehi, non credermi se non vuoi. Ma so cosa mi ha detto. Perché pensi che non voglia parlare con te?"

Non potevo fare a meno di chiedermi se avesse ragione. Sarebbe mai possibile? Lei era la mia compagna! Come poteva amare un altro? Cercai di entrare in contatto con lei attraverso il nostro legame, ma non ci riuscii. Si era chiusa di nuovo. Avevo così tanto bisogno di lei in questo momento!

"Dai, gli teneva persino il braccio mentre se ne andavano."

A quelle parole il cuore mi balzò nel petto. Lo aveva fatto? Non me lo ricordavo! Gli teneva il braccio quando se ne andò con lui? Quel pensiero mi stava divorando. Lo stomaco mi doleva. Non sapevo cosa avrei fatto se fosse stato vero. Cioè, avrebbe sicuramente spiegato perché prima si era comportata così freddamente con me.

Skye si avvicinò un po' di più a me.

"Sai... potrebbe aver deciso di passare a qualcun altro... Ma io sono ancora disponibile."

I miei occhi si spalancarono mentre la guardavo. Ti prego, dimmi che non ho sentito bene quello che ha appena detto! Ma sicuramente aveva quel sorriso sul viso, come se stesse cercando di flirtare con me. La cosa mi faceva stare sempre più male. Ero così scioccato che non riuscivo a muovermi. Come poteva anche solo immaginare che io potessi essere interessato a lei? Il mio cuore apparteneva a Leila e a nessun'altra.

Un attimo prima ero perso nei miei pensieri, e un attimo dopo le labbra di Skye erano sulle mie. Mi venne quasi un conato di vomito al suo tocco. Non era lei che volevo baciare.

Sentii una voce femminile da lontano: "Come osi!"

Spinsi via Skye, facendola quasi cadere a terra, e girai la testa giusto in tempo per vedere la mia dolce Leila che scappava.

Mi alzai per seguirla, gridando il suo nome: "Leila!"

Skye mi fermò, afferrandomi il braccio.

"Non hai bisogno di lei, comunque."

La guardai accigliato e le tolsi la mano dal mio braccio. Ero così infuriato con lei in questo momento. Ma c'erano questioni più urgenti. Dovevo andare a cercare la mia compagna.

Cercai di vedere dove fosse scappata, ma se n'era già andata. La sua lupa era veloce. Non ero sicuro se si fosse trasformata in lupa o se fosse rimasta in forma umana. Ma potevo sentire perfettamente il suo odore, il suo dolce profumo che desideravo. Sarei riuscito a trovarla di sicuro. Dovevo parlarle. Potevamo sistemare le cose, sapevo che potevamo farlo. Almeno ora sapevo che non amava Blake, altrimenti non avrebbe reagito in quel modo. Non sapevo nemmeno come avessi potuto pensare che lo amasse. Senza perdere tempo, le corsi dietro, seguendo il suo odore attraverso la foresta.

Capitolo 13 (Leila)

Il primo sangue

Correvo attraverso il bosco. Le lacrime mi scendevano sulle guance. Non riuscivo a liberarmi del dolore e della tristezza che provavo. Non solo ero stata tradita dalla mia migliore amica, che conoscevo da una vita, ma ero stata tradita dal mio compagno. La mia lupa stava soffrendo. Mi stava ululando nel petto. Mi misi a correre, senza guardare dove andavo. Avvertivo un forte dolore al petto e la mia vista era annebbiata dal pianto. Volevo solo correre il più velocemente possibile, il più lontano possibile. Le gambe mi facevano male, ma non era nulla in confronto al dolore che sentivo nel cuore. Continuai ad andare avanti.

Non ero più sicura di dove mi trovassi, ma non me ne importava nulla. Avrei continuato ad andare avanti finché il mio corpo non avesse più retto. Solo allora mi sarei lasciata annegare nel dolore.

All'improvviso sentii un forte boato. Mi fermai e guardai in quella direzione. Rimasi a bocca aperta. Non potevo credere ai miei occhi. Lì, a pochi metri da me, c'era una chimera. Non avevo mai visto una creatura del genere, ne avevo solo sentito parlare. Si diceva che fosse figlia di Typhon e di Echidna. Ho sempre pensato che fossero ormai estinte.

La creatura era alta almeno tre metri. Il suo corpo era massiccio! La sua testa di leone ruggiva aggressivamente verso di me, con le fauci aperte, mostrandomi i suoi denti affilati. Sulla schiena spuntava la testa di una capra. Anche se non aveva denti affilati, sputava fuoco. Credo che questo spieghi gli alberi bruciati che mi circondavano. Nella fretta di scappare, non li avevo nemmeno notati. Sul retro della creatura spiccava una lunga coda squamosa che terminava con la testa di un serpente. Avevo sentito dire che il suo morso era estremamente velenoso. Anche le zampe anteriori avevano unghie enormi e forti.

La chimera cercava di attaccarmi con tutte le sue teste contemporaneamente. Riuscivo a malapena a evitare le sue zampe, mentre schivavo il fuoco che emetteva. La paura aveva sostituito la tristezza che provavo prima. Il cuore mi martellava nel petto mentre cercavo di capire come avrei potuto sconfiggere quella bestia. Mi era chiaro che non avevo alcuna possibilità. Mi avrebbe catturato facilmente se avessi cercato di scappare. Era molto più veloce di me.

Provai a scagliare delle frecce, ma la pelle della creatura sembrava troppo spessa perché potessero trapassarla. E le frecce non sono molto efficaci contro il fuoco.

"Mira agli occhi!"

Girai la testa e vidi Will che correva verso la bestia. Non avevo idea di come avesse fatto a trovarmi così in fretta, ma ero felice che fosse lì.

Feci come mi aveva detto e scoccai le frecce negli occhi della creatura. Si muoveva velocemente ed era difficile prendere la mira. Aveva tre teste, quindi non ero nemmeno sicura di quale testa colpire! Decisi che la testa del leone era probabilmente la più vicina a me e la più aggressiva. Sembrava anche che fosse quella che controllava il corpo.

A Will erano cresciute le unghie e stava combattendo a mani nude con la bestia. Riuscì ad aprire una ferita nel suo collo. La bestia ringhiò per il dolore e tornò alla carica con ancora maggior forza. Alla fine riuscii a conficcare una freccia nella testa del leone. La creatura ululò e smise di attaccare per un momento. Stava cercando di liberare l'occhio dalla freccia.

"Presto! Vieni!" Will mi gridò.

Aveva ragione. L'attenzione della creatura era stata distolta. Era il momento di fuggire. Seguii Will e corsi con lui nella foresta, lontano dagli alberi bruciati. Continuammo a correre finché non riuscimmo più a sentire la chimera e arrivammo a una radura e fummo sicuri che la creatura non ci stesse seguendo. Solo allora ci concedemmo di riprendere fiato. Solo allora mi resi conto che avrei dovuto affrontare quello che era successo prima. Will era lì... il mio compagno. Mi aveva salvato... Ma mi aveva tradito... Non sapevo se dovessi sentirmi felice o triste. Il mio cuore era perduto, così come lo era la mia lupa.

*********** POV: Eurynomos ***********

Stavo banchettando con la dolce carne di un goblin morto. Era morto poco prima, per sfinimento. Il suo sangue era ancora caldo. Non avevo bisogno di cuocere la carne. Mi piaceva strapparla e mangiarla cruda, lasciando che il sangue mi riempisse la bocca prima di ingoiarla. Conferiva un sapore che non riuscivo a descrivere. Uno dei miei sapori preferiti, in assoluto. I miei servi guardavano inorriditi mentre divoravo uno di loro. Non mi importava nulla di quello che pensavano.

All'improvviso, sentii delle grida provenire dall'altra parte degli Inferi.

Guardai due orchi barbari che mi portavano un giovane angelo. Urlava e cercava di liberarsi dalla loro presa, ma non era abbastanza forte, essendo così giovane.

Mi misi a ridere e lasciai il mio pasto per andare a salutarla. Era uno spettacolo raro! Un tale potere. Sapevo di aver bisogno di lei.

"Ehi, piccola, vieni dentro... ho delle cose dolci." le dissi, nel modo più gentile possibile per un demone.

Uno dei miei folletti portò subito una coppa di sangue per farla bere. Mi avvicinai a lei per... persuaderla. Lei resisteva, girando la testa dall'altra parte, sigillando le labbra dalla coppa. Mi sentivo frustrato nei suoi confronti. Ebbe persino l'impudenza di sputarmi in faccia il sangue.

"Brutto demone! Non mi schiererò mai dalla tua parte! Lasciami andare!"

Risi a bassa voce. "Parole così coraggiose per una persona che si trova in una posizione così difficile."

Nel frattempo continuava a lottare, cercando di liberarsi dagli orchi che la trattenevano.

"Su, su, bambina mia. Non c'è bisogno di combattere. Non mi importa se prendi ciò che è tuo, purché tu mi dia il mio."

Sapevo di volere che i suoi poteri fossero miei. Poteva essere giovane, poco più che diciottenne. Sapevo anche che gli angeli erano incredibilmente forti. Quelle miserabili creature sembravano aver deciso di dichiarare guerra alla mia specie. Non ne ho mai capito il motivo. Raramente si riusciva a mettere le mani su un angelo, quindi questa era una rara occasione che non potevo lasciarmi sfuggire.

"Non voglio niente da te, sporco demone!"

Mi stava dando sui nervi con i suoi insulti. Non volevo ucciderla. Se non potevo prenderla con le buone, avrei dovuto fare il contrario.

"Vuoi vedere quanto posso essere cattivo? Vuoi che lo faccia nel modo più duro? Così sia! In un modo o nell'altro, farò a modo mio con te!"

Cominciò a lottare ancora di più.

"Portatela in una cella. Rinchiudetela bene! Non fatela scappare, o attenti a voi", minacciai gli orchi. Tremarono per la paura, ma annuirono.

Li guardai allontanarsi, trascinando l'angelo in una cella. Le sue urla riecheggiavano sulle pareti, era una dolce musica per le mie orecchie. Alcune piume caddero sul pavimento mentre lei lottava per liberarsi. Indossava un vestitino attillato, che rivelava gambe snelle. Non volevo ammettere i pensieri che mi venivano in mente guardando il suo bellissimo sedere.

"Sporco demone! Non osare toccarla!"

Mi misi a ridere mentre sentivo la strega che mi parlava attraverso le sue imprecazioni. Sapere quanto fosse disgustata dalle mie azioni rendeva il tutto più divertente.

Andai a guardare la sfera magica che fluttuava vicino al portale. Al suo interno c'era un piccolo pezzo d'anima di un bianco abbagliante, che brillava così tanto da essere quasi accecante. Come avrei voluto schiacciare quel pezzo di anima, inghiottirlo con l'oscurità. Ci avevo provato tante volte, ma non ci ero riuscito. Quella miserabile puttana era troppo forte. I poteri della Dea della

*Luna erano troppo forti in lei, ma nemmeno lo
sapeva. Se avesse riacquistato completamente la
sua anima, sarebbe stata una minaccia per il mio
piano di dominazione. Ma era impensabile che ci
riuscisse.*

*Osservai meglio: decine di cancelli di
uscita erano già stati aperti. Anche se era piccolo,
il mio esercito aveva già iniziato a fecondare il
mondo dei vivi, uno per uno. L'invasione era già
iniziata. Era solo questione di tempo prima che mi
liberassi dal mondo sotterraneo.*

*"Hai sentito? Figlia della Dea della Luna,
la mia più cara nemica. È solo una questione di
tempo prima che io ti schiacci e ti distrugga.!"*

************* POV: Bianca *************

Era sera e io ero di nuovo al castello. La
luna piena splendeva nel cielo. Ero sul balcone più
alto con Kate. Le vedette ci avevano avvertito che
un esercito di orchi, centauri, arpie e goblin aveva
fatto irruzione nella città più vicina. Nessuno
sapeva da dove venissero. Sembravano essere
apparsi e basta. Ma io sapevo che venivano dalle
porte di Eurynomos.

Kate aveva inviato alcune truppe per
occuparsi di loro. L'esercito dei demoni era ora alle
porte del castello, cercando di entrare. Erano
almeno cinquanta. Mi chiedevo come fosse

possibile che fossero già così tanti. Sapevo che ne sarebbero arrivati molti di più se non fossimo riusciti a chiudere le porte.

Gli orchi erano orrendi. Indossavano armature di pelle con scudi chiodati. Brandivano asce e fiocine. Non sembravano molto intelligenti e non sembravano avere una strategia. Si limitavano a correre e a cercare di colpire tutto ciò che potevano. I goblin erano quelli che temevo di più. Avevano strane macchine volanti e ci lanciavano bombe artigianali. Stavano unendo i loro sforzi contro un nemico comune, e ciò li rendeva ancor più pericolosi degli orchi. I centauri aspettavano che le porte del castello si aprissero e le arpie cercavano di afferrare gli arcieri per farli cadere a terra.

Per nostra fortuna, il nostro esercito li superava di gran lunga. Tutti combattevano coraggiosamente per uccidere l'esercito del demone. Nel bel mezzo del conflitto, vidi un orco che veniva proiettato in alto nell'aria. Quando guardai in basso, vidi due enormi lupi bianchi impegnati a lottare contro gli orchi. Uno di loro era il mio dolce Steven. Quanto amavo il suo lupo. Ma non conoscevo l'altro. I lupi bianchi erano così rari.

Chiesi a Kate: "Sai chi è quel lupo? Non l'ho mai visto prima."

Scosse la testa. "A malapena. È passato qualche giorno fa. Il suo nome è Caino. Dice che sta cercando una cura per la maledizione della sua amata."

Guardai il lupo bianco combattere gli orchi al fianco del mio compagno. Facevano squadra, decimando l'esercito nemico. Guardai attentamente e notai che Caino sembrava starnutire.

"Sta... starnutendo?"

Kate ridacchiò. "Mi hanno detto che è allergico ai lupi."

I miei occhi si spalancarono. Lei continuò con le sue spiegazioni: "Ha preso delle pillole per l'allergia, ma ci sono così tanti lupi nella lotta. Immagino che non sia sufficiente per evitare che starnutisca."

La situazione era divertente, ma cercai di non ridere. Questi uomini, licantropi e vampiri stavano combattendo per noi. Non era il momento di prendersi gioco di questo grande combattente.

Kate aggiunse: "Ha detto che sarebbe rimasto con noi fino a lunedì."

"Lunedì?"

Lei annuì. "Ha parlato di un gruppo di sostegno. Caffè e biscotti."

"È un po' strano... Non ho mai sentito parlare di gruppi di sostegno nelle vicinanze."

"Dovrebbe essere gestito da un vampiro."

"Un vampiro? Sembra che dovrebbero servire piuttosto sangue e biscotti."

Kate rise. "Immagino che a Damien piacerebbe allora, non che abbia bisogno di sostegno per qualcosa. Ma ama bere un buon bicchiere di sangue, ogni tanto."

Sorrisi a mia sorella. Mi chiedevo cosa si provasse a essere accoppiati con un vampiro. Non avrei mai ammesso la mia curiosità. Il mio compagno era un licantropo e lo amavo profondamente. Ma mi chiedevo, anche solo un po', come sarebbe stato se fosse stato un vampiro.

Sulle balconate inferiori c'erano gli arcieri. Riuscii a riconoscere Elashor. Era una spadaccina, ma anche un'abile arciera. La sua pelle sembrava brillare sotto la luce della luna. Mirava con precisione, abbattendo goblin e arpie, impedendo loro di avvicinarsi troppo al castello. Le arpie stridevano quando venivano colpite dalle frecce e le macchine volanti dei goblin si schiantavano a terra mentre i loro piloti morivano. A terra, Arius stava colpendo e mordendo i nemici. Al suo fianco c'era Lilith, che combatteva con una spada. Era forte e tagliava a pezzi i nemici come un coltello caldo nel burro. Quello che uccideva di più era Zach. Combatteva con entrambe le mani, con le unghie affilate e i denti sporgenti. Aveva anche la sua spada preferita che levitava al suo fianco, trafiggendo i nemici. I suoi poteri erano disaccoppiati dalla luna piena. Era così veloce che facevo fatica a seguirlo. Riuscivo a vedere solo i cadaveri che si accumulavano vicino a lui.

Vicino a Zach c'era un uomo molto alto con la pelle blu pallido. Era ricoperto di tatuaggi tribali neri e aveva occhi scuri color cremisi. I suoi muscoli trasparivano dai vestiti. Una specie di aura oscura sembrava emanare da lui, facendolo sembrare molto misterioso. Sembrava avere una spada speciale, fatta di un metallo molto resistente. Non avevo mai visto nulla di simile in vita mia. Gridò mentre fendeva l'esercito dei demoni: "Sto arrivando Syra, aspettami!"

Mi voltai verso Kate. "Chi diavolo è quello? Non ho mai visto nessuno così."

Lei scrollò le spalle. "Si chiama Zarek. È comparso qualche settimana fa. Ha detto qualcosa sul fatto di impedire che il Regno dell'Anima si sgretoli. Qualcosa legato al sangue del leone. Zach ha visto il suo potenziale e, sebbene fosse già altamente addestrato, ha deciso di aiutarlo a disgiungere ancora di più i suoi poteri."

Guardai con stupore lo spadaccino che uccideva gli orchi, con il sangue che sgorgava ovunque. Il suo volto era macchiato dal sangue del nemico, ma non gli importava. Il suo obiettivo lo faceva combattere. Mi chiesi chi fosse questo Syra.

Osservai i combattenti. Questa ondata non era una minaccia per noi. Potevamo rilassarci ora, sapendo che li avremmo affrontati presto. Speravo solo che non ci fossero troppi arrivi.

Tornai all'interno del castello con mia sorella. Ci imbattemmo in un vampiro che camminava con due donne vampiro al suo fianco. Avanzava a petto nudo, con un paio di jeans, mostrando i suoi muscoli. Non potei fare a meno di guardare quel bel pezzo di carne, notando che aveva alcuni piccoli nei sullo stomaco. Sorrise quando vide che lo fissavo, i suoi occhi rossi si accesero di desiderio. Potevo notare il rigonfiamento dei suoi pantaloni, anche da lontano. Ridacchiai tra me e me quando, all'improvviso, mi chiesi che aspetto avesse senza pantaloni.

Le due donne al suo fianco mi stavano fissando. Una di loro aveva i capelli castani con i colpi di sole. Anche i suoi occhi erano rossi con macchie d'oro. Aveva le zanne scoperte e indossava un corsetto nero e pantaloni attillati. L'altra donna aveva lunghi capelli castani e occhi rosso intenso. Indossava un abito rosso attillato e tacchi alti.

"Jake, non avevamo ancora finito", si lamentarono.

"Non preoccupatevi signore, più siamo meglio è."

Venne verso di noi. "Volete unirvi alla nostra piccola festa?"

Aveva uno sguardo sexy, con le zanne che facevano capolino mentre sorrideva a me e a mia sorella.

"Come osi parlare così alla tua Regina!"
Kate gridò, arrabbiata.

Jake si inchinò leggermente. "Le mie scuse,
mia regina."

Kate tenne la testa alta, ma sembrava
soddisfatta delle sue scuse.

"Dovresti stare attento a come ti presenti
alla tua Regina. Se il Signore fosse qui, non lo
apprezzerebbe molto."

Jake aveva un sorriso diabolico sul volto.
"Ma non è qui, vero?"

Amavo tanto Steven, ma questo vampiro
era molto allettante. Anche se non sarei mai andata
con lui, c'era qualcosa di peccaminoso in lui che mi
attraeva come una calamita. Lui sollevò un
sopracciglio, come se leggesse i miei pensieri.

"Posso togliermi i pantaloni se è questo che
ti preoccupa."
Mi bloccai. Per quanto avrei voluto vedere,
risposi: "Dovresti tenerli addosso."
Lui rise a bassa voce, leccandosi le labbra.
Sapeva benissimo l'effetto che aveva su di me e ne
godeva molto. Le due donne al suo fianco
sembravano impazienti, cercando di mettere le
mani sul suo corpo. Quella con il corsetto gli
leccava il collo e gli mordeva leggermente il lobo
dell'orecchio, suscitando in lui un leggero gemito.
"Invece di camminare a petto nudo,
dovresti indossare un'armatura e andare a
combattere fuori, con gli altri", disse Kate.

Si inchinò e strizzò l'occhio. "Qualsiasi cosa desideri la mia Regina, la esaudirò. Tuttavia, credo di avere delle questioni in sospeso da sbrigare prima."

Si voltò, afferrando le due donne vampiro per la vita. Attirò tra le braccia quella con il corsetto e la baciò, condividendo un unico respiro, guadagnandosi un gemito da parte di lei. L'altra donna cominciò a spazientirsi, cercando di attirare l'attenzione anche su di lui. Lui si limitò a girare la testa verso di noi, aggiungendo: "Buona serata, signore. Ditemi se cambiate idea."

Andò nella sua stanza con le due donne.

Kate sospirò quando lui scomparve.

"Che coraggio questo ragazzo, di fronte alla sua regina!"

Ho riso. "Però non posso dire che mi sia piaciuto vedere il suo sedere sexy."

Kate scoppiò a ridere al mio commento.

"Era davvero sexy. Anche se non credo che Damien apprezzerebbe avere un vampiro mezzo nudo in giro per il castello."

Annuii. "Certo! Ma i miei occhi lo hanno apprezzato, quindi sono felice che non ci sia Damien a costringerlo a vestirsi."

Kate si mise una mano sulla bocca, ridacchiando.

"Certo che puoi guardare. Ma non puoi toccare" ammiccò.

Capitolo 14 (Leila)

Il vero amore

Ero nella radura della foresta con Will. Non sentivamo più la creatura, il che era un buon segno. Tuttavia, ora che non stavamo più scappando, l'immagine di Will che baciava Skye era vivida nella mia mente. Il dolore era ancora forte nel mio cuore e mi dava il voltastomaco. Mi stava fissando; sentivo che anche lui esitava. Ero arrabbiata e triste allo stesso tempo.

"Perché sei venuto a cercarmi?" chiesi: "Sembrava che andassi d'accordo con Skye."

"Ti prego Leila, ascoltami."

Cercò di avvicinarsi a me, ma io feci un passo indietro.

"Qualunque cosa tu debba dirmi, questo è il momento giusto."

"Leila, credimi, Skye non mi piace."

Sbuffai. "Sì, certo, non sembrava proprio così."

Si portò le mani al viso. "Lo so, ma tu non capisci! Lei mi ha costretto!"

"Lei cosa?"

Sollevai il sopracciglio. Avevo difficoltà a credere che quella ragazza, nata senza essere né lupa né strega, potesse costringere un licantropo alfa a fare qualcosa.

Will continuò: "Stava solo dicendo che eri distante da me, e che eri vicino a Blake, e che... lo amavi. Ha persino detto che le hai confessato i tuoi sentimenti!"

Fui colta di sorpresa da ciò che aveva detto. Skye gli aveva davvero detto che amavo Blake?

Will continuò: "Stavo pensando a quello che mi aveva detto. Mi ha fatto così male pensare che potesse essere vero. Mi si è spezzato il cuore. Ero perso nei miei pensieri quando, senza preavviso, ha iniziato a flirtare con me e mi ha baciato. Ti prego, credimi, Leila, tu sei l'unica per me. Sei la mia compagna, il mio tutto. Ho bisogno di te."

Guardai questo forte Alfa cadere in ginocchio, con il volto tra le mani, le lacrime che gli scendevano sulle guance, implorandomi di credergli.

Non avrei mai pensato di vederlo così. Potevo sentire quanto fosse sincero, riversando il suo cuore per me. Tutta la rabbia che avevo nei suoi confronti era sparita. La mia lupa voleva prendersi cura di lui. Caddi a terra e lo presi tra le braccia. Provai subito sollievo al suo tocco.

Mi guardò negli occhi. "Ti prego, dimmi che non ami Blake."

Era la cosa più stupida che avessi mai sentito e cominciai a provare rabbia nei confronti di Skye che ci aveva incastrato. Non avrei mai pensato che la mia migliore amica potesse fare una cosa del genere.

"Certo che no. Non posso credere che abbia detto questo."

"Non mi importa di lei. L'unica cosa che mi interessa è che tu non lo ami."

"Will, non potrei mai amare nessuno se non te. Se solo sapessi cosa mi ha detto Skye. Ha cercato di dirmi che eri distante da me e che dovevo tenermi alla larga da te."

Si accigliò. "Ti ho detto che la sua anima è grigia. Non ci si può fidare di lei."

Skye era stata mia amica per tanto tempo. Pensavo di conoscerla. Avevo un sapore amaro in bocca.

Gli feci un cenno con la testa. "Hai ragione, me l'hai detto, ma non ti ho creduto... Credo che il colore della sua anima dica di lei più di quanto pensassi."

Feci un respiro profondo e aggiunsi: "Quella puttana! Gliene dirò quattro quando torneremo."

Stavo rimuginando nella mia mente tutto quello che le avrei detto, arrabbiandomi ogni minuto di più. L'unica cosa che volevo in questo momento era sputarle in faccia tutto quello che avevo da dire. La nostra amicizia era finita, per quel che mi importava. Non sapevo nemmeno come avrei fatto a guardarla senza metterle le mani addosso.

Il bacio di Will fece sparire tutta la rabbia che provavo.
"Non concentriamoci su di lei in questo momento. Voglio concentrarmi su di noi."
Gli annuii, mentre lui mi accarezzava delicatamente la guancia con la mano. Il suo tocco mi faceva rabbrividire. Non avrei mai voluto stare lontana da lui.
"Hai ragione. Non vale la pena di sprecare le nostre energie. Facciamo attenzione quando stiamo vicino a lei", concordai.

"Allora..." iniziò Will, "cosa ci rimane? Mi ami ancora?"

La mia lupa mi stava implorando di sciogliermi tra le sue braccia.

"Ti amo così tanto, Will, che non lo sai nemmeno. Non voglio nemmeno dormire la notte, perché stare con te è meglio di qualsiasi sogno che potrei mai fare."

Will mi abbracciò forte tra le sue braccia. Fui subito circondata dal suo dolce profumo, il mio cuore batteva forte.

"Oh, mia dolce Leila, non so nemmeno come ho potuto pensare che tu non mi amassi."

Mi accarezzò dolcemente la guancia con la mano, mentre le farfalle si facevano strada nel mio stomaco. Lo baciai, non avendone mai abbastanza di lui.

"Avevo così paura di perderti", sussurrò Will tra un bacio e l'altro.

La mia lupa lo desiderava così tanto. Non potevo ingannare me stessa: amavo quest'uomo più di ogni altra cosa. Il mio corpo reagiva al tocco di Will. Volevo essere sua. Volevo essere la sua Luna. Volevo stare con lui per sempre.

"Will", chiesi. "Prendimi, fammi tua."

I suoi occhi guizzarono e capii che il suo lupo mi aveva sentito.

"Sei sicuro di volerlo fare? Non potremo tornare indietro."

Era così vicino; potevo praticamente sentire l'irrequietezza del suo lupo dentro di lui. Sapevo che lo desiderava quanto me.

"Sì, ti prego, non posso stare lontano da te...."

Will mi guardò. Sembrava esitare. Una volta che si è marchiati, non si può tornare indietro. Ma io lo desideravo più di quanto avessi mai desiderato qualsiasi altra cosa.

"Non essere timido, non mordo", aggiunsi con un occhiolino.

Sentii un suono cupo provenire da dentro di lui. Era tutto l'incoraggiamento di cui aveva bisogno. Il suo lupo stava chiamando la mia lupa che scodinzolava, chiedendo di uscire.

La risata di Will era irresistibile. "Dovremmo riunirli prima che escano da soli."

Gli sorrisi. Aveva ragione. Era ora di far uscire la mia lupa.

Guardai Will che si toglieva lentamente la camicia, rivelando il suo petto muscoloso. Era così irresistibile; ero già bagnata dall'attesa. Lui sorrise al profumo della mia eccitazione. Iniziai a slacciarmi la camicia, ma Will mi interruppe: "Aspetta, lascia che ti aiuti."

Cominciò a percorrere il mio corpo con le mani, facendo apparire la pelle d'oca ovunque toccasse. I miei capezzoli erano turgidi e l'unica cosa che riuscivo a pensare era che volevo togliermi quel reggiseno che mi infastidiva.

"Toglilo prima che te lo strappi", pensai.

Lui sorrise e rispose attraverso la mia mente: "Volentieri."

Sorrisi; ero felice di vedere che il nostro legame di coppia era stato ripristinato. Una volta completato l'accoppiamento, so che non potrà che rafforzarsi.

Will procedette a slacciarmi il reggiseno, arrivando sotto la camicia e facendolo scivolare attraverso la manica.

Emisi un profondo sospiro quando i miei seni furono finalmente liberi, la stoffa della maglietta sfiorava i miei capezzoli irrigiditi.

Will si prese il tempo di ammirare le forme che intravedeva attraverso la mia maglietta, mordendole leggermente attraverso la stoffa, facendomi gemere.

Iniziai a baciarlo mentre con le mani afferravo il suo sedere perfetto. Il suo rigonfiamento premeva contro di me, facendomi bagnare ancora di più di quanto non lo fossi già.

Gli slacciai i pantaloni, liberandolo finalmente. Non potei resistere e iniziai a leccarlo, prendendolo lentamente in bocca. Sentirlo gemere non faceva che aumentare la mia fame di lui.

"Oh Leila, tesoro. Fermati o non riuscirò a trattenermi." Respirava pesantemente e sentivo il suo cazzo quasi pulsare nella mia bocca. Mi piaceva controllarlo in questo modo, ma non volevo che finisse adesso. Decisi di liberare la presa e tornai a baciare le sue labbra.

Will per poco non mi strappò i vestiti per quanta fretta aveva di toglierli. Mi adagiò delicatamente a terra mentre mi baciava. Le sue dita iniziarono subito a spingere dentro di me, facendomi gemere. Non potevo fare a meno di dondolare i miei fianchi sulle sue dita. Gli piaceva giocare, passando dalla mia fica al clitoride e poi rientrando. Continuò, per non so quanto tempo. Tutto quello che so è che a un certo punto inarcai la schiena in segno di piacere mentre venivo con forza per il suo tocco, urlando e gemendo.

"Brava ragazza", affermò con il desiderio negli occhi. Si leccò le dita, poi procedette a baciarmi, potevo sentire sulle sue labbra il mio più intimo sapore.

Il mio corpo reagiva a ogni suo tocco. Provava piacere nel vedermi contorcere. Sussultai quando mi penetrò. Il suo cazzo si adattava perfettamente a me, toccando le parti che più mi eccitavano. Sentivo che mi stringevo intorno a lui a ogni spinta.

Cominciò a leccarmi il collo, facendomi rabbrividire. Sentii i suoi canini perforare la pelle dove la spalla incontra il collo. Il dolore durò solo un istante e fu subito sostituito da un intenso piacere. Cominciò a spingere sempre più forte dentro di me, mentre le mie pareti si chiudevano intorno a lui. Le mie unghie si conficcarono nella sua schiena mentre venivo un'altra volta. Quasi subito dopo, anche lui venne con forza, pulsando dentro di me mentre toglieva i denti dal mio collo.

Rimanemmo abbracciati per qualche minuto, riprendendoci.

"Non riesco a credere a quanto tu sia perfetta. Ti custodirò sempre con tutto il mio amore."

Le sue parole erano sincere e io provavo lo stesso trasporto. Sentivo la mia lupa che scalpitava, implorandomi di lasciarla libera. Guardai i suoi occhi. Non avevo bisogno di dire nulla. Lui capiva, provava la stessa cosa.

Lasciai che la mia lupa prendesse il controllo su di me. Quando fui completamente trasformata, mi trovai di fronte al bellissimo lupo grigio di Will. Non potevo credere a quanto fosse forte e bello il suo lupo.

"Wow", sussurrai attraverso il nostro legame di coppia.

"Dovresti vederti", rispose Will nella mia testa.

Il suo profumo mi faceva impazzire. Andai avanti e strofinai la mia testa contro la sua, mescolando i nostri odori. Sentivo quanto la mia lupa fosse felice di poter finalmente essere una cosa sola con il suo compagno. Lo desiderava da tanto tempo.

Corremmo insieme nel bosco, lasciando che i nostri lupi si legassero ancora di più. Dopo un po', tornammo ai nostri vestiti, riprendendo la forma umana Ma, prima di rivestirci, ci baciammo ancora una volta. Non ne avrei mai avuto abbastanza di lui.

Tornammo dagli altri mano nella mano, senza mai interrompere il nostro contatto. Ero felice di sapere che il marchio sul mio collo sarebbe rimasto lì per sempre, mostrando a tutti che ero la sua compagna. Il fatto che ora fossi una Luna non mi era nemmeno passato per la testa fino a quel momento e l'idea mi piaceva.

Il sole era ormai tramontato quando arrivammo e gli altri avevano già cenato.

Skye era seduta tutta sola dall'altra parte del fuoco. Sentii la rabbia salire dentro di me e il calore cominciò a farsi strada sulle mie guance. Volevo dire a quella puttana quello che pensavo di lei.

Will mi tirò la mano. "Ignorala, resta con me."

Gli feci un cenno. Mi afferrò i fianchi e mi avvicinò a lui, mentre la sua lingua si faceva strada nella mia bocca. Con un solo bacio riuscì a calmare la tempesta che si stava scatenando dentro di me.

Damien venne ad accoglierci. Vide il segno sul mio collo e sorrise.

"Ehi ragazzi, sono contento di vedervi. Cominciavo a chiedermi dove foste."

Ci porse il cibo che avevano tenuto da parte mentre eravamo via.

Mia nonna corse da me. "Oh Leila! Tesoro mio! Ero così preoccupata per te!"

Mi misi a ridere; mia nonna si preoccupava sempre per me.

"Nonna, non devi preoccuparti per me. Non sono più una bambina."

Mi rimproverò: "Non scappare più così. Forse non sei una bambina, ma sono ancora la tua padrona."

La abbracciai. "Va bene, va bene. Te lo prometto."

Presi il cibo che Damien ci stava porgendo e andai a sedermi accanto al fuoco con Will. Poiché era già sera, tutti avevano deciso di accamparsi per la notte.

Vidi mia nonna camminare nervosamente, ma non avevo idea del perché. Pensai che forse fosse ancora tesa per quello che era successo prima. Decisi di non pensarci.

Io e Will ci tenemmo a distanza da Skye. Notai un paio di volte che ci fissava, ma decisi che non ne valeva la pena. Rimasi tra le braccia di Will, crogiolandomi nel suo profumo, ascoltando il suo cuore mentre guardavo le stelle brillare. In questo momento, tra le sue braccia, sentivo davvero che quello era il mio posto.

Quando arrivò la notte, andammo nella sua tenda. Mi accoccolai tra le sue braccia. Mi avvolse con le sue braccia forti e mi baciò dolcemente sul collo. Se dovessi descrivere le sensazioni che si provano in paradiso, sarebbero queste.

*********** POV: Will ***********

Mi svegliai con Leila ancora tra le braccia. Era forte e sexy allo stesso tempo. Era la mia compagna, la mia Luna. Volevo adorarla ogni giorno come la regina che era per me. Il suo dolce profumo di agrumi e gelsomino era inebriante e non mi bastava mai. Anche ora, ancora addormentata, riusciva a sconvolgermi. Nascosi il naso nell'incavo del suo collo, facendo attenzione a non svegliarla.

Le sue labbra si incurvarono mentre gli occhi erano ancora chiusi e sussurrò: "Hmmm... buongiorno, Will."

Sorrisi, sapendo che si stava godendo questo momento tanto quanto me. Scostai i capelli che mi ostacolavano e iniziai a baciarle il collo. Mi preoccupai di far indugiare le mie labbra sulla sua pelle morbida a ogni bacio. Mi avvicinai lentamente alla nuca. Quando le scostai i capelli, notai un segno a forma di diamante. Non l'avevo notato prima, perché era nascosto dai capelli. Sembrava un diamante dorato, quasi splendente, rispetto alla sua bella pelle fulva. Ne tracciai la forma con il dito e lei rabbrividì.

"Che cos'è?" chiesi. Era uguale al marchio di diamante che aveva quando era nella sua forma di lupa. Non avevo mai visto nulla di simile.

Leila scrollò le spalle. "Ce l'ho da quando sono nata."

Una voglia... mi chiesi cosa significasse.

Chiese timidamente: "Ti piace?"

Le baciai la voglia. "Amo ogni parte di te, amore mio."

Udii una voce che proveniva dall'esterno della mia tenda.

"Ehi piccioncini, siete già in piedi? Non vorrei entrare e imbattermi in qualcosa che non dovrei vedere!"

Damien rideva di gusto e sentivo anche Blake ridere al suo fianco.

"Arriviamo tra un minuto", risposi. Non volevo che vedessero Leila in questo stato. Desideravo che non dovessimo andarcene. Ma sapevo che dovevamo ancora trovare un drago. Sempre che le leggende fossero vere.

Mi vestii e uscii dalla tenda. Leila uscì qualche minuto dopo.

Damien e Blake avevano già preparato tutte le loro cose. Ravynne stava aiutando Leila a sistemare anche i nostri bagagli. Tenevo d'occhio Skye, che si manteneva a distanza. Era meglio così.

Ero ancora arrabbiato con lei per quello che aveva fatto. Avrei potuto perdere la mia compagna per colpa sua. Non l'avrei mai perdonata. Temevo ancora che potesse tentare di allontanarci l'uno dall'altra.

Almeno, ora che il percorso di accoppiamento era concluso. Sorrisi tra me e me. Questo significava anche che Leila sarebbe andata in calore tra pochi giorni. Mi chiesi se ci avesse pensato. Sapevo che era una cosa veloce, ma già non vedevo l'ora di avere dei cuccioli con lei. Sapevo che era lei quella con cui volevo passare la mia vita. Girò la testa verso di me, fissandomi con i suoi profondi occhi marrone cioccolato. Il suo sguardo racchiudeva tutto l'amore che provava per me e i segreti più intimi e profondi nei quali desideravo affogare.

“Ehi Will! Vieni?" Blake mi chiamava.

Annuii e iniziai a camminare verso la cascata. Ravynne camminava con Blake e Damie, Leila era al mio fianco e Skye procedeva da sola dietro al gruppo. Si lamentava ancora, ma ormai non importava più a nessuno di lei. Era dall'inizio del viaggio che si lagnava di tutto e di niente, cercando di attirare la pietà di tutti. Pensavo che volesse tutte le attenzioni e che fosse gelosa di chi ne riceveva di più di lei.

Arrivammo in breve tempo sul bordo di una grande grotta nascosta dietro la cascata. Era molto alta e non riuscivo a vedere nulla oltre i primi metri, perché non c'era luce all'interno. Si potevano vedere piccoli cristalli che crescevano tra le rocce. Trattenni il respiro mentre sentivo che questo luogo ci imponeva rispetto. Dalla grotta usciva un soffio gelido. Mi chiesi se questa fosse davvero la tana di Ladon. Mi aggrappai alla mano di Leila mentre iniziavamo a inoltrarci nella grotta. Ravynne e Skye si assicurarono di stare vicino al gruppo. Erano le uniche a non poter vedere bene anche al buio.

La grotta presto ci mostrò un ampio spiazzo e l'aria era tanto gelida che dalle nostre bocche usciva del fumo quando respiravamo. Mi arrestai stupito quando vidi un'immensa statua di roccia proprio nel centro. Possibile che la leggenda fosse vera? Rappresentava un enorme drago che dormiva raggomitolato su se stesso. Non aveva cento teste come nelle leggende, ma ne aveva comunque sei. Mi avvicinai con cautela. Sembrava così reale! Ogni dettaglio era perfetto! Potevo persino vedere ogni squama della sua pelle. Sembrava davvero che stesse riposando e che potesse aprire gli occhi in qualsiasi momento. La statua era gelida al tatto. Dovetti togliere le dita perché cominciavano a formicolare per il freddo.

"Eccolo...", sussurrò Ravynne stupita.

"È solo una statua", commentò Leila.

Ravynne scosse la testa. "Non lasciatevi ingannare dalle apparenze."

Si diresse verso l'altro lato della statua del drago.

"Vieni Leila, tesoro mio. Dobbiamo svegliarlo", le disse indicandolo. Poi guardò noi. "È importante che Leila e io non veniamo interrotte. Il rituale di risveglio deve essere completato in silenzio perché il drago si risvegli in pace."

"Cosa accadrebbe se il rituale venisse interrotto?" chiesi.

"Non ne sono sicura", rispose lei, "ma potremmo non riuscire a vivere abbastanza per raccontarlo. Quindi cerchiamo di fare le cose per bene."

Ci guardammo l'un l'altro, annuendo seriamente.

Leila e la nonna si presero per mano e iniziarono a recitare un incantesimo. "Expergefactio, onis, Valentia...."

Rimasi immobile a guardarle. I loro occhi erano chiusi mentre pronunciavano le magiche parole. Ben presto, un'energia calda cominciò a circolare intorno a loro e ovunque nell'antro. Mi stupì il potere che emanava da entrambi. Mi ricordava quando avevano lanciato l'incantesimo su mio padre. Ero rimasto impressionato allora e lo ero anche ora. Mi chiesi cosa si provasse. Chiusi gli occhi e cercai di concentrarmi sul legame di coppia che avevo con Leila. Immediatamente, riuscii a sentire quello che provava lei. Era come se fossi pervaso da un'ondata di potere. Sentivo questo fuoco e questa calma allo stesso tempo. Come se dentro di me si scatenasse una tempesta silenziosa. Era forte e rilassante allo stesso tempo.

Le rocce cominciarono a cadere dalla statua, rivelando magnifiche squame! Erano nere con riflessi blu-turchesi. Ogni volta che mi muovevo, anche i colori sembravano cambiare, ogni squama tremolava con un fuoco unico. Non avevo mai visto qualcosa di così bello in vita mia. All'improvviso, una delle teste si mosse, facendo cadere a terra altra roccia. Gli occhi di una delle teste della bestia si aprirono per rivelare occhi verdi da rettile.

Il drago sembrava tranquillo; ci stava studiando. Inspirai profondamente. Leila e Ravynne stavano ancora pronunciando l'incantesimo. La bestia non era ancora completamente sveglia e dovevano terminare l'incantesimo per completare il processo.

Con la coda dell'occhio, vidi Skye con un sorriso feroce sul volto. Stava avanzando verso Leila con un pugnale in mano. Il mio lupo mi balzò nel petto, il cuore mi batteva forte. Mi avvicinai a Skye e le afferrai il braccio, facendole cadere il coltello.

"Lasciami andare!", urlò, cercando di liberarsi e di raccogliere il coltello.

Leila e Ravynne aprirono gli occhi. L'incantesimo che stavano eseguendo si era spezzato e l'energia che scorreva si era fermata.

"Cosa stavi per fare?" le chiesi, andando su tutte le furie. Come aveva osato attaccare la mia compagna? Vidi la sua faccia sorniona. Sapevo che lo aveva fatto di proposito. Aveva davvero l'intenzione di uccidere la sua amica? Mi si strinse il petto. Sapevo che la loro amicizia durava da molto tempo, ma in questo momento l'unica cosa che volevo fare era distruggerla.

Skye non ebbe il tempo di rispondere, perché un brontolio riempì la stanza. Era uno stridio agghiacciante mai udito da nessun orecchio umano. Un brivido di terrore mi percorse la schiena. Ladon si era svegliato e le rocce rimaste erano cadute a terra. In piedi sulle zampe, era alto almeno tre metri. Allargò le ali, creando una folata di vento. La sua coda oscillava violentemente e Damien dovette saltare per evitare di essere travolto. Ladon sembrava furioso. La sua testa era rivolta a Skye. Era stata lei a urlare e a fermare il rituale. Sembrava che volesse scatenare la sua furia su di lei.

Il mio battito era accelerato. Strinsi la mascella, cercando di capire cosa fare. Leila era da una parte con la nonna. Skye cercava di allontanarsi dalla bestia, ma lei seguiva ogni suo movimento. Anche Damien e Blake sembravano spaventati. I ringhi del drago erano troppo forti per permetterci di elaborare un piano.

Blake e Damien si guardarono e saltarono sulla creatura. Damien cercò di graffiare il drago con le unghie, ma la pelle era troppo spessa. Blake tirò fuori il suo pugnale e conficcò la lama nella coda. Il drago urlò di dolore e cercò di mordere Blake. Non riuscì ad arretrare del tutto, così iniziò a far oscillare la coda con ancora più violenza, cercando di scuotere il pugnale. Con la coda colpì le pareti della grotta, facendo cadere a terra dei massi. Skye cercò di sfruttare questo momento di distrazione a suo vantaggio, ma inciampò su una roccia e cadde a terra. Il drago si accorse che era caduta e si tuffò con due delle sue potenti mascelle su di lei. Era troppo veloce perché tutti noi potessimo reagire. In un attimo, le urla di Skye riempirono la stanza mentre il drago le strappava membra e carne. Leila era tra le braccia della nonna e cercava di non guardare la sua amica.

Per fortuna le sue urla cessarono presto. La bestia divorò la sua carne in pochi secondi. A terra rimasero solo il sangue e alcuni brandelli di vestiti.

La bestia era ancora furiosa e ora stava rivolgendo la sua attenzione a noi.

"Togli la tua lama! Lo fa solo arrabbiare di più", gridai a Blake.

Ero felice che la mia voce gli fosse giunta. Nel momento in cui tolse la lama dalla coda del drago, questo sembrò calmarsi, almeno un po'.

Pensai tra me e me. "Se tutto fosse andato bene, Ladon si sarebbe risvegliato con calma."

Alzai lo sguardo verso Leila e un'idea mi attraversò la mente.

Mi concentrai su di lei attraverso il nostro legame di coppia. "Pensi di poterlo calmare?"

Lei mi guardò con occhi spalancati. "Calmarlo?"

"Sì, doveva essere calmo al risveglio, ma il rituale è stato interrotto."

Mi fece un cenno con la mano. "Va bene, proverò a fare qualcosa."

Adoravo i suoi poteri di strega; non smetteva mai di stupirmi.

Leila sussurrò qualcosa all'orecchio della nonna. Vedendo che Leila e Ravynne stavano per lanciare di nuovo un incantesimo, Damien usò i suoi poteri ipnotici da vampiro sul drago. Nonostante fosse il Signore dei vampiri e fosse estremamente potente, la bestia resisteva all'attrazione. Lo si vedeva lottare e cercare di liberarsi. Damien fece un gesto a Blake. Questi lo raggiunse immediatamente. Con entrambi che usavano tutti i loro poteri su di lui, il drago non aveva altra scelta che arrendersi. Ladon si girò di fronte a Damien e Blake. Sembrava che li stesse studiando e mi chiedevo a cosa stesse pensando.

Leila e Ravynne iniziarono a recitare il magico canto, ma non riuscii a sentire cosa dicevano. Potevo però sentire la calda brezza del loro incantesimo intorno a noi. Ladon si calmò immediatamente.

"Devi andare da lui", mi disse Leila nella mia testa.

"Perché?" risposi.

"Ha bisogno di un maestro."

Le parole mi colsero di sorpresa. Voglio dire, ero un Alfa. Ma addirittura maestro di un drago onnipotente? Sembrava tutto irreale.

Mi avvicinai a Ladon. La bestia era così maestosa; trattenni il fiato di fronte a tanta potenza. Girò una delle sue teste nella mia direzione e per un attimo mi chiesi se si fosse liberato dagli incantesimi. Ma di certo, mi stava solo osservando. Mi accostai alla testa più vicina a me e avvicinai la mano al suo naso, come si fa con un cane. Sembrava che stesse recependo il mio odore.

Sentivo che il mio lupo cercava di affermare la sua posizione di Alfa. Cioè, su un drago? Era una follia. Non sapevo quale incantesimo Leila e sua nonna avessero lanciato, ma di certo sembrava potente.

Dopo un po', sentii il mio lupo tenere la testa alta. Capii che il drago aveva accettato il mio lupo e me come suo padrone, per quanto assurdo potesse sembrare. Rimasi sbalordito quando la bestia strofinò la testa nella mia mano ed emise un sommesso brontolio. Sembrava un bambino che si coccolava con la madre. L'unica cosa che riuscii a fare fu strofinargli il collo con l'altra mano.

Ladon sembrava davvero soddisfatto del fatto che fossi il suo nuovo padrone. Ero così scioccato che non mi accorsi nemmeno che Leila e Ravynne avevano terminato di pronunciare gli incantesimi. Damien e Blake erano in piedi insieme, sorridenti. Credo che non ci fosse più bisogno di poteri magici. Il drago era nella nostra squadra ora.

Capitolo 15 (Will)

L'Isola di Delos

Ero così stupita da ciò che era successo con Ladon che avevo completamente dimenticato quello che era successo a Skye, finché non sentii Damien parlare con Leila.

"Mi dispiace molto per quello che è successo alla tua amica."

Mi voltai verso di loro, preoccupata che Leila potesse aver bisogno del mio sostegno. Voglio dire, non conoscevo Skye da molto tempo, ma Leila la conosceva da una vita.

Gli occhi di Leila erano tristi, ma non stava piangendo.

"Io... va bene... credo", sussurrò.

La strinsi tra le braccia. "Non va bene, era una tua amica. Hai il diritto di essere triste" le dissi dolcemente.

Alzò la testa per guardarmi, studiandomi con i suoi begli occhi.

"Anche se ha cercato di separarci?"

Queste parole mi fecero male, ma annuii. "Gli ultimi giorni non sono stati belli. Ma è stata tua amica per tanti anni."

Annuì, ma poi Blake aggiunse: "Però ha cercato di ucciderla."

Leila sussultò. Nel bel mezzo del lancio dell'incantesimo, non si era resa conto che Skye aveva cercato di pugnalarla.

La strinsi forte e lei si rilassò tra le mie braccia. "Lo ha fatto davvero?", sussurrò.

"Sì..." risposi, "per questo il lancio dell'incantesimo è stato interrotto. L'ho fermata e lei ha urlato."

Le lacrime le scendevano sulle guance. Il nostro legame di coppia mi consentiva di avvertire quanto si sentisse devastata.

"Io... non ci posso credere...", riuscì a dire tra le lacrime. Ma non aveva bisogno di dire altro. Sapevamo tutti cosa intendeva. La fiducia di molti anni, una vera amicizia, si stava sgretolando nel suo cuore. La sensazione di tradimento, più forte di un tifone, devastava tutto ciò che incontrava. Tutto quello che potevo fare era tenerla tra le mie braccia per non farla crollare.

Anche Ravynne stava versando qualche lacrima, ma Blake, Damien e io... beh, non conoscevamo Skye da molto tempo. E io ero ancora arrabbiato per il fatto che avesse cercato di aggredire la mia compagna con un pugnale. Chissà cosa avrebbe fatto se non l'avessi fermata?

Aspettammo che Leila si sentisse meglio. Mi assicurai di asciugarle le lacrime.

Quando si riprese, Damien ruppe il silenzio: "Bene, ora abbiamo un drago. Siamo ancora in cinque."

"Pensi che ci siano altri draghi in giro?" chiese Leila.

Ci guardammo tutti, senza sapere bene cosa fare.

Ravynne indicò Ladon. "Perché non lo chiedete a lui?"

Dal modo in cui tutti mi fissavano, era chiaro che volevano che lo chiedessi al drago.

"Non... so bene come parlare a un drago."

Voglio dire... Dovevo forse ruggire o qualcosa del genere? Risi di me stesso, pensando a quanto sarebbe sembrato ridicolo.

Ravynne annuì. "Ora sei il suo padrone. Se ti concentri su di lui, dovresti essere in grado di parlargli."

Fui colto di sorpresa dal suo commento. Valeva la pena di provare. Forse sarebbe stato un po' come quando parlo con Leila attraverso il nostro legame di coppia. O come quando comunico con il mio lupo, sapendo cosa prova e cosa vuole, anche se non parlo propriamente la lingua di "lupo." Le feci un cenno con la testa e poi mi rivolsi a Ladon.

Era seduto e guardava verso di me, come se aspettasse un mio ordine.

Mi avvicinai a una delle sue teste e vi appoggiai la fronte. Era freddo al tatto, ma non come quando era una statua. Chiusi gli occhi e mi concentrai su di lui.

Sentii un vento freddo salire dentro di me. Era come se sentissi Ladon dentro di me. Non sapevo bene come parlargli, ma avevo la sensazione che il mio lupo lo sapesse. Considerando che era diventato l'Alfa poco prima.

Cercai di concentrarmi su ciò che volevo sapere: c'erano altri draghi nelle vicinanze per poter raggiungere l'isola di Delos?

Ebbi una sensazione stranissima, come se il mio lupo stesse conversando con Ladon. Era la cosa più strana in assoluto. Ero abituato a conversare con il mio lupo o con la mia compagna, ma non ad assistere a una conversazione tra il mio lupo e un'altra persona. Ero solo uno spettatore all'interno della mia testa.

Un attimo dopo, Ladon iniziò ad allontanare la sua testa dalla mia. Aprii gli occhi e lo vidi indietreggiare di qualche passo. Si alzò sulle zampe posteriori e strillò con un tono acuto. Si allontanò dal punto in cui aveva dormito per rivelare una grande apertura nel pavimento. Sembrava che la grotta continuasse a scendere dal pavimento. Era un'apertura molto grande con una leggera pendenza. Ci avventurammo giù, seguiti da Ladon.

Arrivammo presto in una sala gigantesca. La mia bocca era spalancata dallo stupore. Non riuscivo a muovermi. Davanti a noi c'erano decine di draghi. Alcuni volavano e altri riposavano. C'erano dei piccoli che si nutrivano dalle loro madri. Sembrava che stessero bevendo una sostanza simile al latte dalla bocca della madre, un po' come fanno alcuni uccelli. Ero affascinato da loro. I loro colori variavano molto, dal nero al bianco. Alcuni erano marroni, persino dorati, altri grigi. C'erano draghi a più colori ed altri a un solo colore. Alcuni draghi avevano anche più code o due teste. Ma Ladon era l'unico con sei teste. Mi chiesi se fosse l'ultimo della sua specie. Deve essere molto difficile essere l'unico della propria specie. Immagino che mi sarei sentito solo. Mi chiedevo se i draghi potessero mescolarsi. Come fanno a volte leoni e tigri.

Era semplicemente bellissimo, come se ci fossimo imbattuti in un mondo completamente diverso, di cui non sospettavamo nemmeno l'esistenza.

"Wow", sussurrò Leila.

"Come faremo a scegliere quelli di cui abbiamo bisogno?", chiese Blake.

"Non spetta a noi scegliere", disse Ravynne. "Saranno loro a scegliere noi."

Mi chiesi cosa intendesse dire.

Non ci fu bisogno di aspettare a lungo. Ladon cominciò a ringhiare forte. Sembrava che stesse comunicando con gli altri draghi. Mi chiesi cosa stesse dicendo loro. Sembrava che fosse in qualche modo al comando. Esisteva una gerarchia tra i draghi? Avevano un Alfa come noi nei nostri branchi? Mi resi conto che sapevo così poco di loro. Voglio dire, beh... prima pensavo che esistessero solo nelle leggende, quindi ovviamente non sapevo molto di loro! Viste le dimensioni delle bestie, si potrebbe pensare che non sarebbero passati inosservati!

Pochi secondi dopo, diversi draghi atterrarono intorno a noi. Si avvicinarono, ci osservarono e percepirono il nostro odore. Ora capivo cosa intendeva Ravynne. Ci stavano scegliendo, decidendo se seguirci o meno nel nostro viaggio. Alcuni di loro si allontanarono, credo che non fossero interessati a unirsi a noi. Ma ben presto alcuni rimasero, ognuno dei quali sembrava aver scelto il proprio compagno di squadra.

Damien aveva al suo fianco un maestoso drago bianco. Era alto e fiero e sembrava allo stesso tempo gentile e forte. Ravynne sembrava che stesse imparando a conoscere il suo drago. Era grigio e bianco, con due code. La sua pelle sembrava vecchia e screpolata, ma sembrava molto mite e curioso. Blake aveva un giovane drago nero che sembrava desideroso di lanciarsi subito nell'avventura. Non era alto, ma aveva un'energia negli occhi che dimostrava il suo impegno. Leila aveva al suo fianco un bellissimo drago marrone e dorato. Sembrava forte e le sue scaglie brillavano come gioielli.

Ladon si avvicinò al drago di Leila e le strofinò la testa contro. Immaginai che si trattasse di un drago femmina, allora, sorridendo tra me e me. Che bella accoppiata, che il drago della mia amata fosse anche l'innamorata del mio drago. Si guardavano con una tale intensità che dovevano fissare l'anima l'uno dell'altro. Nessuno poteva frapporsi tra loro. In quel momento, sentii un improvviso bisogno di stringere la mia Leila tra le braccia. Di guardarla e di amarla come Ladon amava la sua amata.

"Si chiama Cara", mi disse Leila nella mia testa.

"Come fai a saperlo?" risposi.

"Lo so e basta", rispose lei.

Pensai che fosse lo stesso modo con cui comunicavo con Ladon.

Non riuscendo più a trattenermi, colmai la distanza tra me e la mia dolce Leila. La afferrai per la vita. Lei si abbandonò al mio abbraccio senza alcuna fatica. Le sue labbra morbide si aprirono quando la baciai. Non c'era bisogno di parole, potevo sentire il suo cuore battere forte nel suo petto attraverso il mio. Sapevo che anche lei lo sentiva. Questo era il mio paradiso, la mia salvezza. Ero ubriaco del suo amore e non volevo più staccarmene.

*********** POV: Leila ***********

Le mie guance erano calde quando il bacio finì. Una parte di me sapeva che tutti ci stavano guardando. A una parte di me non importava. Il mio corpo bruciava di desiderio per quell'uomo. Desideravo solo annegare nei suoi occhi blu e sprofondare tra le sue braccia. Come avrei voluto fermare il tempo solo per un momento.

Ben presto notai che tutti stavano montando sulla schiena del loro drago. Cara e Ladon ruppero il loro abbraccio. Will mi aiutò delicatamente a salire sulla schiena di Cara, prima di montare sul suo drago.

Cara iniziò a volare, e il mio corpo percepì la trazione ad ogni battito d'ali. Uscimmo dalla grotta in un attimo. Presto iniziai a vedere la foresta sotto di noi, sempre più piccola. Mi girava la testa per l'altezza e il cuore mi batteva forte. Mi aggrappai saldamente a Cara.

Sentii un vento di conforto provenire dall'interno, Will lo stava inviando attraverso il nostro legame e mi tranquillizzai immediatamente.

"Non preoccuparti", disse attraverso la mia testa. "Ti abituerai."

Mi chiesi come facesse a esserne così sicuro. Come se mi leggesse nel pensiero, aggiunse: "Anch'io provai la stessa cosa la prima volta che ho volato con i vampiri. Ora ci sono abituato."

Speravo solo che avesse ragione.

Volammo verso nord-est, passando sopra il boschetto sacro della ninfa Melian. Anche dall'alto, potevo distinguere chiaramente l'Albero della Vita ancora in fiore, in contrasto con gli alberi scuri e senza foglie che lo circondavano. Novembre si era lentamente insinuato. Sul terreno si vedevano ancora alcune foglie morte, ma stavano diventando grigie. Tutto sembrava buio e senza vita nella foresta sottostante. Credo che fosse per questo che mi avevano sempre detto che era il mese dei morti.

Continuammo a volare ancora un po'. Mi stavo godendo il viaggio, sentendo il vento tra i capelli. Ladon e Cara continuavano a volare insieme, incrociandosi. Sembrava che stessero facendo una danza aerea insieme. Si vedeva quanto si amavano. Mi fece desiderare di essere tra le braccia di Will in questo momento, desiderando il suo calore e i suoi baci.

I draghi volavano veloci e ben presto vedemmo una grande isola galleggiante davanti a noi. Potevamo anche vedere una potente tempesta che infuriava intorno ad essa. Nuvole scure la circondavano. I forti venti facevano volare rocce e altri detriti e di tanto in tanto si potevano scorgere dei fulmini. Guardai in basso e vidi una profonda fenditura. Al suo interno c'era un drago enorme, più grande di qualsiasi cosa avessi mai visto! Credo che si trattasse del leggendario Kholkikos. Il drago aveva due enormi corna nere su ogni lato della testa. I suoi occhi erano tutti neri e la sua vista mi fece rizzare i capelli. La sua bocca era leggermente aperta, per lasciare che il suo respiro fluisse verso l'isola sopra di lui, lasciandomi intravedere i suoi denti affilati. Era tutto bianco e, con mia sorpresa, non aveva squame, ma era ricoperto di piume. Era sdraiato, con la lunga coda arrotolata intorno a sé. Le sue due gigantesche ali erano spiegate, come a formare una coperta. Era davvero magnifico, e almeno dieci volte più grande dei nostri draghi, se non di più. Era il protettore dell'isola. Se il suo respiro fosse stato abbastanza forte da far galleggiare l'isola e da creare quella tempesta, allora non avrei mai voluto provare a fronteggiarlo.

Ci fermammo tutti, valutando l'isola e la sua tempesta. Sapevo che non avevamo altra scelta che passare, ma non potevo fare a meno di ripensarci. La tempesta era più forte di quanto potessi immaginare. Probabilmente sarebbe stato difficile attraversarla, anche per i draghi. I venti erano troppo potenti e probabilmente saremmo stati sbalzati di lato. Volare conto vento e farsi strada lentamente era probabilmente un'idea migliore. Anche se ci sarebbe voluto più tempo, probabilmente era l'unico modo per farcela.

Non potevo fare a meno di chiedermi che tipo di tesori dovessero essere nascosti su quest'isola per essere protetti da un drago così potente.

Iniziammo a volare nella tempesta. Una forte raffica di vento quasi mi disarcionò da Cara, ma riuscii a tenermi in posizione. La sentivo che si sforzava di combattere la tempesta con tutte le sue energie. Intorno a me vedevo volare detriti. Speravo solo che non fossimo colpiti da qualcosa. Il mio cuore batteva forte e mi aggrappavo a Cara con tanta forza che mi dolevano le braccia. Guardai intorno e vidi che anche gli altri draghi stavano lottando, ma lentamente si stavano facendo strada attraverso la tempesta. I fulmini danzavano con noi e ci colpivano troppo da vicino. I tuoni rimbombavano così forte che potevo sentirli riverberare nel mio corpo. Il tempo sembrava essersi fermato mentre ci facevamo strada attraverso la tempesta. Non vedevo l'ora di essere dall'altra parte.

Presto mi sembrò di cominciare a intravedere la fine della tempesta. All'improvviso, Cara precipitò verso il basso, a testa in giù. Il movimento improvviso mi fece cadere dalla sua schiena e ora stavo precipitando velocemente.

"Will", gridai.

Chiusi gli occhi, perché l'unica cosa che riuscivo a pensare era che stavo per morire. Non sapevo perché Cara l'avesse fatto; eravamo così vicini all'isola. Mi chiesi se prima sarei stata colpita da qualche roccia o se sarei caduta prima sul terreno sottostante. In ogni caso, sapevo che sarebbe stato doloroso. Per fortuna, sarebbe stato veloce.

Mi tenni forte quando sentii qualcosa venire verso di me. Riconobbi l'odore di Will.

"Ti ho preso!" fu tutto ciò che sentii nelle mie orecchie. Erano le parole più dolci che avessi mai sentito. Mi aggrappai a una delle teste di Ladon, le braccia di Will mi circondarono, tenendosi anch'esse al drago. Ladon continuava a volare giù velocemente e mi resi conto che stava inseguendo Cara.

Guardai in basso e notai che Cara non stava volando verso il basso, ma stava precipitando, priva di sensi.

Ladon si sforzava di raggiungerla. Per un attimo mi chiesi se fosse abbastanza forte da tenerci entrambi sulla schiena e da afferrare un altro drago. Sapevo con certezza che avrebbe fatto qualsiasi cosa per salvare la persona che amava, anche a costo di sacrificare la propria vita. Desideravo solo che non si arrivasse a tanto, ma potevo capirlo, perché avrei fatto lo stesso per Will.

Finalmente si avvicinò abbastanza da afferrare Cara con le zampe. L'improvviso aumento di peso sembrò essere faticoso per lui. Sapevo che era forte dal primo momento in cui l'avevo visto, ma era ancora più forte di quanto pensassi. Cominciò a sbattere le ali con una tale forza che riuscì a riportarci tutti in alto, sull'isola, dall'altra parte della tempesta.

Atterrammo sull'isola e fui felice di scendere e di posare di nuovo i miei piedi sulla terra. Appena scesi da Ladon, due braccia forti mi circondarono. Il mio cuore batteva forte mentre Will mi baciava sul collo.

"Avevo così paura di perderti di nuovo", mi sussurrò all'orecchio. "Stai cominciando a farne un'abitudine", mi rimproverò dolcemente.
Mi voltai verso di lui, perdendomi nei suoi occhi.

"Scusa", risposi.

Lui sorrise e mi baciò appassionatamente. Con le mani mi percorreva la schiena. In quel momento, mi sembrava che nulla avesse importanza. Ero circondata dal suo amore e non potevo preoccuparmi di nient'altro.

Ma un grido di dolore mi riportò alla realtà. Cara giaceva ancora a terra priva di sensi e Ladon desiderava disperatamente che si svegliasse. Tutta la sua tristezza e il suo dolore si potevano percepire attraverso le sue urla. Mi avvicinai a Cara per sentire i suoi segni vitali. Il suo polso era debole, molto debole.

"Deve sopravvivere", mormorai.

Non dovetti dire altro. Mia nonna annuì e si avvicinò.

"Allora sai cosa bisogna fare."

Mi alzai e le afferrai le mani.

Insieme, iniziammo a recitare il nostro incantesimo. Questo era uno degli incantesimi che amavo lanciare. Mentre pronunciavamo le parole magiche, sentivo il solito vento caldo avvolgermi, l'energia che scorreva intorno e dentro di me. Non c'era una regola precisa per quanto tempo dovevamo lanciare l'incantesimo. Sapevamo solo quando fermarci. Mia nonna lo chiamava l'istinto della strega. Era come se potessimo comunicare con la magia stessa, incanalando l'energia e ricevendo da essa un segnale quando poteva bastare.

Quando lanciavo un incantesimo perdevo sempre la cognizione del tempo. Come se la mia mente fosse così occupata dalla magia che nient'altro aveva importanza. Quando cessammo di cantare, aprii gli occhi.

Tutti stavano fissando Cara, aspettando che si muovesse. Le toccai il petto e notai che il battito del suo cuore era più forte. Stava migliorando, questo è certo.

Emise un ringhio sommesso e aprì lentamente gli occhi. Immediatamente Ladon si avvicinò a lei e le strofinò la testa con amore. Potevo sentire quanto fosse sollevato e devo dire che anch'io ero grata che lei stesse meglio.

Capitolo 16 (Eurynomos)

La spada sacra

I suoi occhi annegavano nella sconfitta. La forza combattiva che li abitava ieri era quasi morta ora. Erano quasi privi di vita. Essere incatenati, torturati, senza essere nutriti, ha dato risultati ancora migliori di quelli che avevo sperato. Mi rallegravo di questa visione. Non vedevo l'ora di percorrere la mia strada con lei. Sarebbe stato sicuramente delizioso. Potevo quasi sentire il suo sapore sulle mie labbra.

I suoi polsi sanguinavano ancora. Fissava il pavimento. I suoi capelli erano in disordine e sporchi di terra e sangue. Le piume delle sue ali indugiavano sul pavimento, dove le aveva perse durante la tortura. Era sicuramente la vista più bella che avessi mai avuto. Non volevo ammettere che la sua vista mi faceva accrescere il fuoco nel sangue.

Non le fu dato nulla da bere. Sapevo che sarebbe arrivato il momento in cui non avrebbe resistito a bere il mio sangue. Dopo di che, avrei avuto tutto ciò che bramavo. Mi implorerà di prenderla. Eseguirà i miei ordini e mi ringrazierà per questo.

Lentamente, alzò gli occhi e sembrò rendersi conto che ero nella sua cella. Non potei fare altro se non avvicinarmi a lei. Leccai il sangue che le sanguinava dai polsi. Aveva un sapore così buono. Lei non indietreggiò nemmeno, si limitò a guardarmi. Non poteva muoversi perché era incatenata al muro e anche le sue mani erano legate.

"Ehi, zuccherino... hai sete?" chiesi con un sorriso malvagio. "Giuro che mi implorerai per averne ancora."

Non rispose nulla. Le sue labbra aride erano screpolate e sporche. Il mio corpo era sopra il suo contro il muro, ma lei non si oppose. Leccai lentamente le sue labbra secche. Volevo di più.
Era così intorpidita dalla tortura che non reagì nemmeno. Mi eccitava più di quanto volessi ammettere a me stesso. Sentivo già il mio cazzo duro, pronto per lei.

Feci un passo indietro, cercando di sembrare il più gentile possibile.

"Bene, ragazzina, perché non ti prendi quello che desideri?"

Presi la tazza di sangue che era sul tavolo vicino e gliela portai alle labbra. Era così disperata; era così assetata e morente. La guardai mentre tranguggiava ogni goccia di sangue, senza lasciarne nemmeno una.

La guardai tremare dal dolore, mentre il sangue intaccava il suo corpo e cominciava lentamente a trasformarla. I suoi occhi erano ora di un colore nero scuro e potevo sentire l'odore di quanto si stesse eccitando.
"Brava ragazza", sussurrai mentre le scioglievo i lacci per liberarla.

************ POV: Bianca ************

Feci una pausa dalla lettura e tornai sul balcone. Guardavo i guerrieri che continuavano a uccidere un'ondata dopo l'altra di nemici. I corpi si accumulavano sul terreno di fronte al castello. Si stavano formando pozzanghere di sangue e un odore metallico saliva fino al balcone. Potevo solo immaginare quale fosse l'odore a livello del suolo.
Avevo l'impressione che le ondate di orchi e goblin stessero aumentando. Mi chiedevo se i nostri combattenti se la sarebbero cavata. Alcuni di loro erano feriti, ma finora non avevamo avuto molte perdite. Per fortuna, Steven stava bene. Certo, non volevo che accadesse qualcosa anche agli altri, ma lui era la mia preoccupazione principale.
Kate uscì e mi raggiunse.
"Beh, guarda un po' là." Indicò i guerrieri.
Seguii il suo dito e riconobbi il bel culo sexy di prima.
"Sembra che abbia finito con le ragazze e abbia deciso di unirsi alla lotta." Scoppiai a ridere.
Kate ridacchiò. "Sembra che Jake sia in grado di prendere ordini dalla sua regina."

"Pensi che se la caveranno?"

Dovevo chiederlo, non potevo farne a meno. Stavo diventando ansiosa. Sembrava che l'esercito di Eurynomos non facesse che rafforzarsi e temevo che saremmo stati sopraffatti.

Kate sospirò: "Lo spero."

Mi trascinò all'interno del castello. "Vieni, è inutile stare a guardarli. È meglio se cerchi di trovare qualcosa in quei libri."

"Hai ragione", risposi.

Sapevo che aveva ragione. Mi piaceva leggere quei libri. Ma ormai ne avevo letti così tanti, alla ricerca di soluzioni per spezzare la maledizione o per fermare Eurynomos. Eppure, sapevo che la cosa giusta da fare era continuare a leggere finché non avessi trovato qualcosa.

Era già buio. I miei occhi erano indolenziti dalla lettura. Volevo chiudere il libro quando mi imbattei in qualcosa di interessante. Era una parte che parlava di nuovo del branco di Ravynne. Sembrava che fosse un branco sacro molto antico, molto vicino alla dea della luna. La stessa dea della luna aveva fornito alle streghe i loro poteri. È così che gli umani sono stati in grado di usare la magia.

Ora, come ho scoperto prima, erano responsabili di mantenere Eurynomos segregato, e hanno fallito nell'intento. Ma questo libro spiegava che per mantenere Eurynomos nel mondo sotterraneo, dovevano sacrificare un giovane del loro clan. Il suo sangue doveva essere versato per tenere lontano il demone. Era una tradizione mantenuta generazione dopo generazione. Ma a un certo punto i genitori del giovane prescelto si rifiutarono di uccidere il proprio figlio. Quindi, il branco si riunì e decise di rinunciare al ruolo di guardiani del demone e di fuggire. È così che sono diventati un branco di disertori fin dall'inizio.

Si dice che per ogni generazione, un membro del clan nascesse in una notte benedetta. Quel bambino diveniva quindi il membro più prezioso del branco. Doveva essere accudito e protetto finché non arrivava il giorno in cui doveva essere sacrificato.

Sembrava un destino così crudele. Non riuscivo nemmeno a immaginare come ci si potesse sentire. Mi chiesi chi fosse nato in una notte benedetta nel branco di Ravynne per la generazione attuale. Potrebbe avere un legame con l'indovinello?

.".. un tesoro amato dovrà essere sacrificato."

Non poteva essere una coincidenza! Dovevo dirlo subito a Kate, in modo che potesse dirlo a Damien.

************ POV: Will ************

I draghi si stavano riposando. Cara sembrava sentirsi meglio ora. Ladon era al suo fianco da quando eravamo tornati sulla terraferma. Per quanto mi riguarda, mi stavo godendo un po' di tempo con la mia dolce Leila. La amavo così tanto che non potevo sopportare di stare lontano da lei. Stavo già pensando di riportarla nel branco una volta che tutto questo fosse finito. Desideravo già costruire una famiglia con lei. Avere i nostri cuccioli, vivere felici insieme, guidare il branco e proteggerci a vicenda. Mi chiedevo se i nostri figli sarebbero nati con i suoi poteri di strega. Volevo sapere tante cose su di lei, ma per il momento chiusi gli occhi e affondai il naso nell'incavo del suo collo.

"Ravynne, posso parlarti?" Sentii la voce di Damien.

Aprii gli occhi e notai che aveva una strana espressione sul viso. Ravynne lo seguì un po' più in là. Li guardai mentre parlavano. Ravynne sembrava agitata e mi chiesi di cosa stessero parlando.

Quando finirono di parlare, mi alzai e andai da Damien.

"Ehi, di che cosa si trattava?" gli chiesi.

Lui fissò il terreno e poi tornò a guardarmi.

"Niente di importante."

Sapevo che stava mentendo. Frequentava mia sorella da abbastanza tempo perché lo sapessi.

"Dai, ti conosco molto bene. Sputa il rospo."

Scosse la testa. "Mi dispiace, non posso."

Si girò e cercò di andarsene, ma io gli afferrai il braccio.

"So che stai nascondendo qualcosa di importante. Perché non me lo dici?" gli ringhiai contro.

Era un Signore dei vampiri. Era inutile che cercassi di usare i miei poteri alfa su di lui. Non avrebbe funzionato. Mi guardò con intensità negli occhi.

"Lo saprai col tempo."

Si liberò il braccio e si allontanò.

La cosa non mi piaceva. Sapevo che c'era qualcosa di strano. Ma mi fidavo di Damien. Sapevo che se mi aveva detto che l'avrei saputo dopo, doveva essere vero.

Blake arrivò correndo. "Gli orchi sono sull'isola."

Corsi da lui.

"Cosa? Com'è possibile? È stato così difficile arrivare qui!"

"Sembra che sull'isola sia stato aperto un portale", rispose Blake.

Imprecai.

"Ok, non c'è tempo da perdere, allora. Dobbiamo trovare il boschetto sacro di Ares. Avete idea di dove possa essere?" Chiesi.

Ravynne indicò alcuni alberi alti un po' più a est.

"Dovremmo andare in quella direzione. Sento che la magia proviene da lì", rispose.

Era la pista migliore che avevamo.

Iniziammo a camminare verso la foresta. I draghi erano liberi di andare dove volevano, ma sembravano aver deciso di rimanere nei paraggi. Non avevo intenzione di lamentarmi. I draghi erano creature potenti, quindi averli dalla nostra parte era un grande vantaggio. Inoltre, quando vorremo lasciare l'isola, avremo bisogno del loro aiuto. Il rumore degli orchi in lontananza ci teneva sulle spine. Non ero sicuro di dove fossero esattamente, ma sapevo che non erano così lontani. Speravo solo di non doverli affrontare.

Man mano che camminavamo verso est, la foresta cominciava a essere più fitta. Sentivo l'aria carica di energia, anche se non avevo alcuna magia in me. Il mio lupo stava diventando irrequieto. Non si poteva negare che questo fosse il posto giusto. Camminammo per un po' e arrivammo a una strana porta di legno intagliata in una grotta. Era una cosa stranissima, visto che sull'isola non c'erano edifici, e quindi mi chiesi chi avrebbe potuto mettere una porta in una grotta. E per di più, una porta così grande. Tuttavia, sapevo che era il posto che stavamo cercando.

Entrammo e scoprimmo che questo luogo era un antico tempio. Dai simboli che decoravano le pareti, sembrava essere un luogo in cui si riunivano vampiri e licantropi. Il che sembrava molto strano, dato che vampiri e licantropi erano stati nemici per molti secoli prima. Questo tempio era sicuramente molto antico, antecedente alla prima guerra. Mi chiedevo quali segreti nascondesse questo luogo.

Le stanze erano scavate nella roccia che si sbriciolava rilasciando polvere ovunque. Alle pareti erano appese delle torce. Ravynne e Leila si occuparono di accenderle, fornendoci un po' di luce. Non che ne avessi bisogno, ma era più facile così. Non c'erano molte stanze. Capimmo di essere nel posto giusto quando ci imbattemmo in una grande stanza con un altare al centro. Un grande foro al centro del tetto permetteva alla luce della luna di entrare e di illuminare l'altare.

A un lato, vedemmo una spada che fluttuava nell'aria.

"Pensi che sia la spada sacra?" Chiesi.

Leila annuì. "Sicuramente."

Avvicinandosi, sembrava ancora più potente che da lontano. La lama era incrostata di simboli che non avevo mai visto. Sembrava fatta di uno dei metalli più pregiati. Sembrava affilata e forte. L'impugnatura era d'oro, incrostata di ametiste. Mi chiesi come facesse a fluttuare nell'aria. Cercai di afferrarla, ma non riuscii ad avvicinare le mani.

"È protetta da un incantesimo", disse Ravynne.

Non ne sapevo molto di incantesimi.

"Pensi di poterlo rimuovere?" Chiesi a Leila.

Lei scrollò le spalle. "Potrei provarci."

Ma Ravynne scosse la testa.

"Quell'incantesimo è molto potente, non può essere rimosso da chiunque."

Beh, non era una buona cosa. Se Leila e sua nonna non riuscivano a rimuovere l'incantesimo, mi chiedevo come avremmo fatto a prendere la spada. Rimanemmo tutti lì a cercare una soluzione.

Damien parlò: "Ricordi cosa ha detto Bianca?"

Lo guardai con occhi interrogativi. Bianca aveva detto molte cose, francamente. Volevo bene a mia sorella, ma non riuscivo a ricordare tutto quello che aveva detto.

Continuò: "Disse che i vampiri e i licantropi dovevano unirsi per spezzare la maledizione."

Giusto, l'aveva detto.

"Pensi che forse dobbiamo unirci per ottenere la spada?" Chiesi.

Damien rispose: "Beh, vale la pena tentare."

Si avvicinò alla spada e poi gridò: "Ehi! Conosco quei simboli! È un antico linguaggio dei vampiri."

Poi continuò: "Dice che un potente lupo deve entrare nel cerchio mentre la formula viene recitata da una creatura della notte... Credo di essere io."

Risi.

"È buffo che anche i vostri antenati si siano definiti creature della notte."

Damien mi diede un pugno sulla spalla.

"Allora, questo significa che devo trasformarmi nel mio lupo?" Chiesi.

Damien scrollò le spalle.

"Credo che dovresti provare."

Mi misi in un angolo buio della stanza per togliermi i vestiti. Non mi dispiaceva spogliarmi davanti a Leila. Ma non volevo spogliarmi davanti a tutti. Mi lasciai rapidamente trasformare nella mia forma di lupo. Il mio lupo era irrequieto da quando eravamo arrivati in questo posto. Era bello lasciarlo libero.

Mi stupì l'aspetto diverso di questo luogo ora che ero nella mia forma di lupo. I simboli sembravano essere visibili solo con la mia vista di lupo e non con i miei occhi umani.

"Dovresti vederli", incalzai attraverso la mente di Leila.

Lei ridacchiò. "Vieni qui, mio grosso lupo cattivo, fammi passare le dita su quella tua morbida pelliccia."

Potevo sentire quanto mi desiderasse attraverso il nostro legame di coppia.

Mi diressi verso di loro. Leila si abbassò e cominciò ad accarezzare il mio lupo. Era così bello avere le sue dita nella mia pelliccia. Chiusi gli occhi mentre strofinavo il muso contro di lei. Sentivo che la sua lupa mi desiderava. Non vedevo l'ora che tutto questo finisse e di poter passare del tempo da solo con lei.

"Ehi, fidanzatini, possiamo andare avanti?", chiese un divertito Damien.

Gli sorrisi, o per quanto i lupi potessero sorridere, comunque.

La spada sembrava brillare di uno strano potere. Potevo vedere chiaramente dove avrei dovuto afferrarla. Credo che fosse visibile solo ai lupi.

Feci un cenno a Damien e lui iniziò a recitare le parole.

"Puterile care protejează această sabie sacră, pleacă."

Non avevo idea di cosa significassero quelle parole, ma potevo vedere l'energia che proteggeva la spada tremolare. Vacillava quel tanto che bastava per darmi il tempo di afferrare la spada con la bocca.

La spada era più pesante di quanto pensassi e la lama emise un forte tonfo quando colpì il pavimento.

"Attento, lupacchiotto." Damien mi fece l'occhiolino.

Mi prese la spada. Tornai alla mia forma umana e mi vestii prima di unirmi di nuovo a loro.

Al mio arrivo stavano tutti studiando la spada.

"Ottimo lavoro", disse Leila con un sorriso.

Tutti sembravano contenti, ma Ravynne aveva ancora un'espressione preoccupata.

"Che cosa dobbiamo farci?" Chiese Blake.

"Hmm... ripensiamo all'indovinello", rispose Leila.

Ripensai all'indovinello.

"Annullare un peccato commesso secoli fa. Un'isola galleggiante, nel mezzo di una tempesta fragorosa. Bisogna trovare una spada sacra", dissi.

"Beh, abbiamo già fatto tutto questo", disse Blake felicemente.

Gli feci un cenno con la testa. "Credo che rimanga l'ultima parte. Un tesoro amato dovrà essere sacrificato...."

Anche se non capivo cosa significasse, avevo la sensazione che fosse legato al centro della stanza.

"Credo che si riferisca all'altare laggiù." Glielo indicai.

Loro annuirono entusiasti.

Notai che Ravynne era più lontana, con Damien. Non sembrava affatto felice e Damien stava parlando con lei. Volevo avvicinarmi a loro, ma iniziammo a sentire dei forti colpi alla porta di legno.

Gli occhi di Leila si allargarono. "Gli orchi! Stanno cercando di entrare!"

"Dobbiamo fare in fretta, allora!" rispose Blake.

Ci precipitammo verso l'altare, studiandolo. I boati cominciarono a diventare sempre più forti, mentre dal tetto cadevano frammenti di rocce sul terreno intorno a noi. Il mio cuore batteva forte. Cercavo disperatamente di capire cosa fare, prima che gli orchi riuscissero a varcare la porta.

Leila gridò: "Vedo dei simboli!"

Non avevo idea di cosa vedesse. Immaginavo solo che potesse vederli grazie ai suoi poteri di strega.

Damien e Ravynne si avvicinarono all'altare con noi, mentre i colpi continuavano a riecheggiare intorno.

Capitolo 17 (Leila)

Il sacrificio

Mi abbassai per studiare meglio i simboli.

"Per riparare a ciò che è stato sbagliato, colui che è nato sotto una notte benedetta, custodito da tutti, il gioiello di tutti, deve essere sacrificato. Solo quando ciò sarà compiuto, il peccato verrà perdonato."

Quelle parole risuonarono dentro di me. In qualche modo, mi sembrava di averle già sentite. Avevo la sensazione di poterle risolvere. Continuavano a risuonare nella mia testa.

Le rocce non smettevano di sgretolarsi intorno a noi, gli orchi cercavano di farsi strada all'interno. Era la nostra occasione per spezzare la maledizione e forse impedire a Eurynomos di entrare in questo mondo. Non potevamo permetterci di non riuscirci.

Mi alzai di nuovo in piedi.

"Cosa c'è scritto?", chiese Will con impazienza. Anche Blake era in trepidante attesa. Tuttavia, in qualche modo, mia nonna stava guardando altrove e Damien era con lei.

Fu allora che mi colpì. Il mio cuore si fermò alla consapevolezza di ciò che significava. Feci un passo indietro, con la bocca aperta. Non potevo crederci, eppure non potevo sfuggire alla verità. Le lacrime cominciarono a scorrere silenziosamente sulle mie guance.

Guardai mia nonna e sussurrai: "Lo sapevi."

Lei si girò verso di me, con un'espressione colpevole sul viso e le lacrime che le scendevano sulle guance. Non disse nulla, si limitò ad annuire.

"Cosa?" chiese Will, che già correva da me.

Mi tremavano le mani, mentre mi scostavo i capelli che nascondevano la voglia mostrando il collo a tutti.

"Un tesoro amato deve essere sacrificato", sussurrai.

La voce di mia nonna tremava: "Non volevo che fosse vero. Speravo che potessimo scoprire qualcos'altro."

Will urlò a squarciagola: "No! Non può essere!"

Damien parlò dolcemente, "È quello che pensava Bianca... Il loro branco è antico Will. Sono legati alla dea e al demone... Mi dispiace, Will."

Will agitò violentemente il braccio nell'aria. "Deve esserci un altro modo!"

Potevo sentire la disperazione attraverso il nostro legame di coppia. Non volevo morire.

Mia nonna parlò debolmente: "L'ho sempre saputo, con la sua voglia a forma di diamante. Una persona nasceva sempre con questa, una generazione dopo l'altra... È per questo che siamo diventati un branco di disertori." La sua voce si spezzò verso la fine della frase.

Ero così sconvolta che non riuscivo a muovermi. Will cercava disperatamente un'altra strada.

"Allora partiamo subito! Resteremo un branco di disertori!" Will gridò. "Finché sarò con voi, starò bene."

Blake rispose incredulo: "E il tuo vecchio branco? E tua sorella Bianca?"

Damien aggiunse: "E il castello, tua sorella Kate e il nostro bambino che cresce dentro di lei?"

Negli occhi di Will c'era tristezza. Sapevo che non voleva farlo.

"Dobbiamo lasciare che un demone prenda il controllo del mondo?" chiesi a Will con dolcezza.

Will mi afferrò teneramente la mano e la strinse. Intorno a noi, le rocce rotolavano a terra.

"Mi dispiace, Will, ma deve essere fatto!", urlò Blake. Cercò di afferrare la spada sacra, ma Will gliela strappò dalle mani.

"Non osate avvicinarvi a lei", ringhiò loro contro. Era il suo lupo che si manifestava violentemente. Mise le braccia su entrambi i lati per proteggermi.

Come avrei voluto che le cose fossero diverse. Il tempo stringeva. Non avevamo un'altra soluzione. Non potevo credere a quanto fosse crudele il destino.

Sentii Damien parlare a Will: "So come ci si sente. L'esercito sta già assaltando il castello... Ci sono state segnalazioni che l'esercito del demone è ormai presente ovunque... Mi dispiace tanto, Will."

Mi avvicinai a Will con dolcezza. Lui si girò verso di me. Gli avvolsi le braccia intorno alle spalle. Sapevo cosa bisognava fare. Non potevamo permettere che il demone vincesse. Era il compito degli antenati del mio branco da secoli, era il mio dovere. Il mio destino era segnato fin dalla nascita. Era inutile cercare di sfuggirgli. Non avrei lasciato che il mondo crollasse sotto il potere di un demone.

Le lacrime scendevano sulle guance di Will. Gli afferrai il viso con le mani, portando la sua bocca alla mia. Ci baciammo dolcemente, le lacrime avevano un sapore salato nella mia bocca. Tremavo in tutto il corpo. Davanti a me si sgretolava il sogno di una famiglia, di un futuro, di tutto ciò che avevo sempre desiderato.

Afferrai la mano di Will che teneva la spada e portai la punta al mio petto. Will piangeva, scuotendo il capo.

"Leila... ti prego, non farlo", la sua voce era strozzata, "possiamo trovare un altro modo."

"Ti prego Will, deve essere fatto. Almeno, che lo faccia tu...."

Tenevo la mano ferma sull'impugnatura della spada, sopra la sua.

"Voglio che l'ultima cosa che vedo siano i tuoi occhi. Sappi che sarò sempre tua."

Ora piangeva forte, scuotendo la testa in segno di rifiuto di ciò che doveva essere fatto.

Lo baciai un'ultima volta. Mentre ci baciavamo, mi chinai in avanti verso di lui; la lama mi trafisse la pelle, trasmettendomi un dolore acuto attraverso il corpo. Non ruppi il bacio. Volevo che sapesse quanto lo amavo, anche mentre la lama mi lacerava la carne. Sentivo il sangue caldo scorrere sulle gambe. Presto sentii di non riuscire più a reggere il mio peso, ma Will mi afferrò tra le braccia. Continuò a spingere sulla spada contro la sua volontà, piangendo a singhiozzi.

Il mio corpo sentiva freddo, ma il corpo di Will mi teneva al caldo.

La mia testa si sentiva leggera e i miei occhi cominciarono a chiudersi, anche se non avrei mai voluto smettere di guardare l'uomo che amavo.

"Ti amerò sempre con tutta me stessa", sussurrai.

Sorrisi mentre mi sentivo andare alla deriva, sapendo che lui stava provando le stesse cose che provavo io.

*********** POV: Will ***********

Non potevo credere che fosse riuscita a sorridere in un momento come questo. Non respirava più. Mi aggrappai alla donna che amavo più di ogni altra cosa al mondo. Non volevo lasciarla andare. Il dolore era così intenso, mai in vita mia avrei immaginato che fosse possibile soffrire così tanto. Perdere una persona così cara. Lei era tutto per me. Il mio lupo stava soffrendo, il legame di coppia si stava spezzando. Urlai di disperazione con tutto me stesso. Niente poteva esprimere il dolore che provavo.

Rimasi lì, a guardare i suoi occhi chiusi, sapendo che non si sarebbero mai più riaperti.

Continuavo a sussurrarle: "Io amerò solo te."

Sperando che con una sorta di magia potesse ancora sentirmi. Chi lo sapeva, forse poteva anche risvegliarsi? Forse era tutto un incubo e io mi sveglierò?

Cara ringhiò di dolore, seguita da Ladon e dagli altri draghi. Sapevo che tutti mi stavano guardando, ma non mi importava. Non mi importava di nulla. Tutto ciò che contava era Leila. Il mio dolce amore, il mio tutto. Senza di lei ero perduto. Non potevo più vivere.

Il rumore del legno che si spezza risuonò nella stanza. Gli orchi erano finalmente riusciti a rompere la porta. Damien e Blake stavano aiutando Ravynne a salire sul suo drago.

"Will, forza, dobbiamo andare!" Blake gridò.

Ma a me non importava. Non volevo lasciarla.

"Sei l'unica per me", le sussurrai, abbracciando forte il suo corpo che stava già diventando freddo.

*********** POV: Bianca ***********

Ero seduta in una stanza del castello con Kate quando lo sentii. Era come se qualcosa si fosse rotto. All'improvviso, scoprii di non essere più legata a Eurynomos. Sentii anche un'ondata di potere dentro di me, come se qualcosa di mancante mi venisse restituito dopo essermi stato tolto per anni. Non mi ero mai sentita così bene. Questo significava che Will e gli altri avevano avuto successo. Ero così felice; era una grande vittoria per noi! Almeno adesso avevamo una possibilità di combattere contro il demone.

L'unica cosa che vidi prima che il collegamento con Eurynomos fosse interrotto, fu una mappa appesa a una parete. Su di essa potevo vedere Montréal e una grande croce che mi indicava la posizione dell'unico ingresso agli Inferi. Sembrava che la strada per raggiungere gli Inferi fosse una stazione della metropolitana nel centro di Montréal.

Mi rivolsi a Kate e glielo dissi subito, in modo che potesse dirlo a Damien. Avevamo bisogno che venissero al castello per poterci riorganizzare e pianificare le nostre prossime mosse.

Ricevetti quasi subito una telefonata da mia madre. Urlava di gioia. Mio padre era miracolosamente migliorato. Si era svegliato, stava lentamente ricominciando a bere e a mangiare. Con un po' di fortuna, si sarebbe alzato dal letto entro pochi giorni. Era un'ottima notizia; tutto sembrava tornare a posto.

Arius si precipitò nella sala del trono, seguito da Elashor. Con loro c'erano alcuni guerrieri, tra cui il mio dolce Steven.

"Presto! I nemici stanno arrivando a frotte! Non riusciremo a contenerli."

*********** POV: Eurynomos ***********

Guardai Amaliel mentre si leccava le dita. Era così graziosamente birichina. Non avrei mai sperato di avere un angioletto così delizioso. Eseguiva tutto ciò che le chiedevo con tanta grazia. Tutto il suo corpo era così peccaminoso che non ne avevo mai abbastanza di sentirla godere. Spingevo dentro di lei, ancora e ancora, perché non volevo mai smettere. Stavo diventando dipendente da lei, ma non l'avrei mai ammesso.

Passarono le ore e decisi di lasciarla riposare. Era bellissima, il mio piccolo angelo della morte.

All'improvviso, sentii che qualcosa non andava. Mi alzai dal letto, lasciando Amaliel che già mi implorava di tornare. Avevo cose più urgenti da sbrigare. Andai a vedere la sfera magica che fluttuava vicino al portale. Certo, non c'era più. La puttana era riuscita a liberarsi. Ma non importava. La mia invasione procedeva a gonfie vele. Il portale principale era quasi completamente aperto. Era solo questione di tempo prima che potessi entrare nel mondo dei vivi e regnare su tutto. Ora, con un angelo al mio fianco, sarei stato inarrestabile. Risi mentre tornavo ad accontentare il mio angioletto. Stavo già assaporando l'attesa.

Gli orchi si stavano precipitando, urlando, come si conviene a bestie grottesche. A me non importava nulla. Non volevo lasciare andare il mio amore.

Damien mi urlò: "Vieni, dobbiamo andare! Presto! Dobbiamo riorganizzarci con Bianca per le prossime mosse."

Avevano già dimenticato che si era sacrificata per loro? Dovevo lasciarla qui, senza sepoltura? Cosa avrebbero fatto quegli orchi al suo corpo? La rabbia cresceva nel mio cuore. Non ne valeva la pena! Per nessuno ne valeva la pena! Non avrebbe dovuto farlo. Perché l'aveva fatto?

"Perché?" urlai dal profondo della mia anima. Non avrei mai avuto una risposta. Tutto ciò che rimaneva era dolore, tristezza e rabbia.

Damien chiamò: "Sappiamo che l'ingresso agli Inferi è a Montréal. In una stazione della metropolitana. Vieni!"

Dal tetto cominciarono a cadere massi sempre più grandi. I draghi usarono i loro corpi per cercare di proteggermi perché non venissi schiacciato. Ma anche il dolore di essere schiacciato da un masso che cadeva non sarebbe stato così forte come quello di aver perso la mia compagna. Non avevo mai provato tanta disperazione. Tutti i suoni intorno a me erano soffocati, come se fossi sott'acqua.

Gli orchi entrarono nella stanza e iniziarono ad attaccare i draghi. Damien era sul suo drago e mi urlava qualcosa. Vedevo la sua bocca aperta, che mi parlava, ma non riuscivo a sentire quello che diceva.

Ladon mi guardava, supplicandomi di venire via. Baciai un'ultima volta la guancia fredda di Leila. Ti giuro, Leila. Ti vendicherò. Non lascerò che la tua morte sia vana. Eurynomos pagherà per la tua morte.

https://www.amazon.com/dp/B0BPRGP9L7

Lascia una recensione su Amazon e Goodreads!

Grazie per il tuo sostegno

Danielle

Ringraziamenti

Volevo dedicare un po' di tempo a ringraziare tutti coloro che mi hanno aiutato e sostenuto. So che dimenticherò alcune persone e mi sentirò in colpa. Ovviamente non posso fare i nomi di tutti perché ci vorrebbero diverse pagine.

Innanzitutto, devo ringraziare mio marito Martin e i miei figli, Catherine e William, per la loro pazienza e il loro sostegno in questa grande avventura. Sono stati pazienti con me, mentre passavo le serate e i fine settimana a scrivere. Hanno sempre fatto il tifo per me, cercando di aiutarmi in ogni modo possibile. Vi amo molto, con tutto il mio cuore, e vi amerò sempre.

Devo anche ringraziare alcuni dei miei amici più cari, Julie, Georgie e Stephane. Vi conosco da anni. So che siete tra i miei più grandi fan. Vi apprezzo sempre e anche se non ci vediamo spesso come vorremmo, siete sempre nel mio cuore.

Voglio anche ringraziare tutti gli altri componenti della mia famiglia, molti dei miei amici e colleghi di lavoro, e anche i miei vicini, che mi leggono e mi sostengono. Vi amo, ragazzi! So che alcuni di voi prima non leggevano libri in inglese. Sono così grata che abbiate scelto di leggere il mio libro come vostro primo libro in inglese.

Nel corso dei mesi in cui sono diventata autrice, ho incontrato tantissime persone fantastiche da tutto il mondo. Posso davvero dire che l'amicizia non conosce confini. Ho la fortuna di parlare quotidianamente con persone in Australia, Malesia, Regno Unito, Stati Uniti e India e ho amici in tutto il globo.

Devo ringraziare Chelsea. È la mia sorella gemella di un altro paese. Sinceramente, nel breve tempo in cui ti ho conosciuta, sei diventata una delle mie più care amiche. Sono così grata di averti incontrata. Grazie per tutto il tuo amore e il tuo sostegno.

Voglio ringraziare anche il mio amico Charles. Sei un amico straordinario. Mi piacciono molto le nostre conversazioni, il tuo sostegno e la tua amicizia. Anche con la differenza di fuso orario, sei diventato uno dei miei amici più cari. Un giorno attraverserò l'oceano per venire a trovarti. Ciao la banane table!

Voglio ringraziare tutti voi, tutti i miei amici sparsi per il mondo. Mi piacerebbe citare tutti voi, ma sarebbe troppo lungo nominarli. Spero che tutti voi sappiate quanto vi apprezzo. Anche se siete così lontani che quando per me è domenica, per voi è già lunedì mattina. Anche se il covid fa sì che non ci sia un servizio postale dal mio paese al vostro. Anche se vivete su un'isoletta dove piove sempre. Siete fantastici e non sarei lì se non fosse per ognuno di voi.

Grazie dal profondo del mio cuore!

A tanti altri anni insieme!

Danielle